ルポ 悲しみと希望のウクライナ

——難民の現場から

丸山 美和

新日本出版社

目次

第4章　「戦争が終わったら」　127

リトアニア
ポーランド
ベラルーシ
ロシア
ワルシャワ
キーウ
スーミ
ハルキウ
クラクフ
チェコ
リビウ
ウクライナ
ルハンスク
スロバキア
ザポリージャ
ドネツク
モルドバ
ミコライフ
ハンガリー
オデーサ
アゾフ海
クリミア半島
ルーマニア
黒海

第1章　ある日、私の国で戦争が始まった

ウクライナからポーランドに逃れた難民たち
（ワルシャワ東駅構内、2022年3月初旬）

即断即決「命のバトン」

二〇二二年三月四日。大学生のマティルダは、居酒屋でのアルバイトを終え、帰途についた。すでに深夜だった。クラクフの冬は冷え込みが厳しい。なるべく明るくて暖かい場所を通って帰ろうと、クラクフ中央駅の構内を横切ろうとした。

駅に入ったマティルダは唖然《あぜん》とした。広い構内が、隣国ウクライナから戦火を逃れてきた人々で満杯だったのだ。

そのほとんどが、女性と子どもだった。長旅の果てにたどり着いた見知らぬ国で、頼るあてもない。どの顔も疲れ切っていた。

その姿にマティルダは胸がいっぱいになった。この状態で体を休めることすらできないのは、あまりにもかわいそうだ。とても見て見ぬふりはできなかった。

「この中の誰かを、自分の家に連れ帰ってもいいですか?」近くにいたボランティアに聞いてみた。ボランティアは周囲をぐるりと一瞥《いちべつ》すると、「じゃあ、この人をお願い」と言い、すぐそばにいた三〇代の女性を指さした。

女性のおなかは大きく、疲れ果てた様子で床に座り込んでいる。そのとなりには小さな男の子がいる。あとでわかったことだが、男の子はわずか一歳半だった。

マティルダは母子を自分のアパートへ連れて帰り、自分のベッドを使うように促した。母子は倒れこむようにして横になると、すぐに寝入ってしまった。その様子を見ていたマティルダは、かわいそうで涙が止まらなかった。

マティルダのアパートはワンルームと狭く、ベッドも一つしかない。長期間の保護は困難だ。マティルダは思案したのち、眠り込む母子の横でインスタグラムに投稿した。

「緊急。妊娠している若い女性と小さな子どもの難民を受け入れてくれる家を探しています。どなたか、この人たちを助けてあげてください」。

そのSOSに反応したのは、クラクフ市役所に勤めるナタリアだった。彼女が子ども時代に活動していたボーイスカウト仲間が、マティルダの投稿に気づき、母親のナタリアにそのことを告げたのである。

すでにクラクフ市全体がウクライナからの難民であふれており、ナタリアは職場で現場対応に忙殺されていた。同時に、難民の苦境をより理解していたため、ナタリアには断る理由がなかった。彼女は自宅で仕事をしている夫のミレクに連絡し、受け入れてもよいか尋ねた。ミレクも賛成だった。ミレクは母子が休息する部屋を用意、その日の正午には二人を招き入れた。

ひとまず落ち着くと、夫妻は女性が今後どうしたいのかを英語で尋ねた。なんとか力になりたかった。すると「以前、ドイツで出稼ぎ労働をした経験から、そちらへ行きたい」とのことだった。

ミレク（左）とナタリア夫妻

女性が連れていた男の子はナタリアとミレクが大好きになり、二人を代わるがわる抱きしめることを繰り返した。しかし長旅の疲れが出たのか、まもなく体調が崩れて発熱し、泣き続けた。

病院に連れていくと、風邪をひいており、虫歯による歯の痛みも判明した。「過酷な逃避行を乗り越え、心も体も悲鳴を上げていたのでしょう」と言いながら、ナタリアは涙を浮かべて話す。

数日後、母子はクラクフ郊外のカトリック教会が運営する宿泊所に移った。当時、宿泊所には多くのウクライナ人の母子が身を寄せており、「言葉が通じない人より、母国の人が多くいる場所のほうが安心するだろう」というナタリアの配慮だった。

その後母子はドイツに向かった。ドイツでも保護を受け、無期限の滞在許可を得た。現在は連絡が途絶えているが、ミレクは笑顔を見せながら「お母さんが無事出産して、男の子が元気でいてくれれば、ぼくたちはうれしいんだよ」と言い、ナタリアが続けた。

「助けが必要なら助けなければならない。人間としてあたりまえのことをしただけ。命のバトンを受けたら次の善意に託す。この繰り返しが大切だと思うんです」

障害のある子どもを連れて

避難してきたのは健常者ばかりではなく、障害を持つ人もいる。子連れの避難で大変な経験をした一人が、小児まひの子どもを連れて移動した、スウィトラーナだ。

スウィトラーナは、ウクライナ西部のリビウ郊外で、一〇歳と六歳の男の子と暮らしていた。夫はハンガリーに出稼ぎ中で、家のすべてをスウィトラーナひとりで切り回してきた。「自宅周辺は緑が豊か。子どもたちと愛犬を連れて散歩するのが日課で、この時間が一日の中で一番好きでした」

しかし穏やかな日常は、二月二四日を境に奪われてしまった。

ロシア軍による激しい攻撃の情報を知ったスウィトラーナは、大きなショックを受けた。「リビウが攻め込まれる前に、早く逃げなければ」

侵攻直後のロシア軍の勢いは凄まじく、キーウ（キエフ）から遠く離れたリビウにも「すぐに来るのでは」という恐怖を感じた。

すぐにウクライナを出る準備を始めた。次男のアンドリーが小児まひのため、日常生活には移動機器を使っていたが、その利用を諦めて、持ち運びが可能な軽量のバギーに乗せた。それから、毛布を詰め込んだリュックを背負い、小さなトランクに身の回りのものを詰め込んだ。自力で持ち出せるものはこれが精一杯だった。

子どもたちと犬を連れて外へ出ると玄関の鍵をかけ、親類が運転する車に慌ただしく乗り込んだ。車窓から見えるいつものまちの風景を眺めながら、次に見られるのはいつになるのだろうと考えた。悲しかった。

ポーランドへ向かう道は避難民の群れで大渋滞。国境突破まで三日はかかると聞き、夫がいるハンガリーを目指すことにした。スロバキアを抜け、ハンガリー東部のミシュコルツで夫と再会したとき、リビウを出発してからすでに一五時間も経っていた。通常、リビウからハンガリー東部への車での移動は、数時間もあれば十分である。主要道路という道路がすべて渋滞し、国境付近は大混乱に陥っていた。

そのまま夫とブダペストに留まるつもりだったが、スウィトラーナはハンガリー語がわからない。思案の末、ウクライナ語に近い言語を話すポーランドに行くことに決めた。夫と別れを告げたスウィトラーナは、子どもたちを連れて再び旅を始めた。スロバキア経由でオーストリアのウィーンに着き、それからクラクフ行きの列車に乗り換えた。クラクフにたどり着いたのは、リビウを出て一週間後のことだった。

クラクフ中央駅に着いたスウィトラーナと子どもたちは、クラクフ市作成の難民支援者リストに登録していた一般家庭に受け入れられた。提供された部屋は日当たりがよく、ベッドもソファもある。リビウに置いてきたアンドリー用の移動機器は、現地クラクフのボランティアが持ってきてくれた。

一般家庭が提供した居室にて。スウィトラーナ、次男のアンドリー、愛犬のマルシュカ。長男のイバンは授業中で不在だった

現在、長男のイバンは小学校、アンドリーは幼稚園の特別支援クラスに通う。「長男はまだ一〇歳ですが、祖国ウクライナでなにが起きているのか、理解しています。でもクラクフの学校では、いままで親しかった友人がおらず、さみしくて泣いていると聞いています。親切にしていただ

き感謝していますが、私たち家族みんな、リビウが恋しい。早く戦争が終わってほしい」

＊　＊　＊

ナターシャは、ウクライナ東部ルハンスク州の都市セベロドネツクで、息子のアントンと暮らしていた。ナターシャは五〇代前半、アントンは二〇歳で重い自閉症だ。

二〇一四年にロシアがクリミアを侵攻した際、ルハンスク州も標的となった。当時のナターシャは寝たきりの父と同居しており、アントンを育てながら父の介護もしていた。そのため、逃げようにも逃げられず、息をひそめて隠れていた。

ロシア兵が家の向かいにある店に入り、略奪を繰り返すのを窓越しに見た。昼夜絶えない爆発音に、アントンが「なんの音？」と尋ねる。ナターシャは、アントンに恐怖を感じさせないよう、「花火の音だよ」と笑顔で答え、平静を装った。

「三カ月後、ようやくロシア軍が去りました。でもこの経験から、いつでも逃げられる準備をしていたんです」

二〇二二年一月には、友人との会話でもっと大きな戦争が始まることを予測していた。

「許せないと思いました。私も銃を持ち、同胞とともに戦いたかったんです」と、ナターシャは当時の心境を振り返る。平穏な生活が破壊されることへの怒りだ。しかし唯一、なにがあっても守らねばならない存在があった。息子のアントンだ。

自閉症のアントンは母ナターシャの支えが必要だ。重度のてんかんも患っており、薬の服用が欠かせない。戦争が始まれば薬の入手が困難になり、服用を欠けば、アントンは死んでしまう。

友人たちがナターシャにこう言った。「ナターシャ、戦争が始まる前に出ていけ」

ナターシャは列車のチケットを買い求めた。処方箋《しょほうせん》をハンドバッグに忍ばせ、アントンを連れてセベロドネツクを出た。ロシアのウクライナ全面侵攻が勃発する一週間前だった。

二人がたどり着いたのはトルスカヴェツというウクライナ西部の小さなまち。カルパチア山脈の麓にあり、効能豊かな鉱泉が湧出するウクライナ有数のリゾート地だ。ここには友人の家があり、二人は身を寄せた。

「ここで二～三カ月過ごせば、家に戻れるかもしれない」と思ったナターシャは、トルスカヴェツで事態の鎮静化を待った。しかし二月二四日朝四時、ロシアがウクライナ全土に激しい攻撃を始めたことをインターネットのニュースで知った。攻撃は首都

ナターシャと息子のアントン

キーウや広範囲に及び、ナターシャが切望していた早期終結の見通しはなくなった。

ちょうど、アントンのてんかんの薬もなくなりかけていた。アントンの命を救うために、数日以内に薬をもらう必要もあった。ポーランドへ行こうと決めた。

泣きながら再び荷物をまとめたナターシャは、アントンと旅を再開した。さらに西を目指し、二時間後には国境沿いの村に着いた。その後、ウクライナ東部のハルキウからやってきたバスに乗車することができ、国境通過を目指したが、国境を越えるまで九時間もかかった。ポーランド領に入ると、ＳＮＳで知り合ったポーランドの支援者たちが待っていてくれた。

「戦争から逃れるために、さまざまな決断を迫られましたが、本当に大切なものを思い知りました。それは命と愛、そして息子だけでした」

ナターシャが語る間、アントンは絶えず母の腕を握りしめていた。いままで慣れ親しんだ生活が奪われ、新しい生活に慣れるまでは大きなストレスを伴い、母の存在なしに乗り越えるのは困難だ。セベロドネックの家ではネコを飼っており、かわいがっていた。しかし友人に預けて逃げてきてしまったので、さみしがっている。

生後一カ月の娘と地下生活

ハンナは二〇代半ば。ウクライナ南部の大都市ミコライフで、家族と幸せいっぱいに暮らしていた。ロシアの侵攻が始まったとき、ハンナは出産したばかりで娘のカロリンカは生後一カ月。ミコライフは空港があるため、真っ先にロシアの爆撃を受けた。警報が鳴り響く真夜中、ハンナはカロリンカと母、三人の妹を連れ、住んでいる共同住宅（「ブロック」と呼ばれる高層の建物）の地下に身を潜めた。

地下には他の住人たちも一緒に隠れていた。じめじめとして暗く、体の芯が冷えた。

爆撃は昼夜続き、買い物にも行けない。食事は買いだめの冷凍食品や乾物類などでしのいだ。日中のわずかな時間をねらってアパートに戻り、手早く調理し料理を持って地下に戻る。そんな日々が続いた。

カロリンカの紙オムツがすぐになくなった。ハンナはSNSでポーランドの支援団体へ「紙オムツをお願いします」と投稿し、支援を依頼した。すると数日後に人道支援の車両がやって来て、紙オムツや食料などの生活物資を置いていってくれた。

地下生活が二週間経つころ、ミコライフを脱出するバスの運行が決まった。ハンナたち一家も脱

ハンナとカロリンカ

出を決断し、「家族全員を乗せてくれ」と頼んだ。

バスは攻撃の合間を縫って運行するため、予定がわからない。バスは本当に来るのだろうか。不安な気持ちで待ち続けた。

三月一三日早朝、突然バスがやってきた。「すぐに出発するよ」と言われ、与えられた時間はわずか一五分だった。ハンナが持ち出せたのは、紙オムツと身分証明書だけだった。

バスはオデーサの鉄道駅に着き、一家はポーランド行きの列車に乗り込んだ。戦争中のため、夜間は灯火管制。窓もカーテンも閉めきった暗い車両に、乗れるだけの人が詰め込まれた。ハンナたちは六人家族だが、割り当てられたのは四座席。蒸し暑く息苦しかったが、小さなカロリンカもがまんした。

列車は昼夜走り続けた。地下生活から脱出して二七時間後、一家は無事にポーランドのプシェミシル駅に到着した。全員の命が助かり、安堵したが、一家が落ち着く場所が必要だ。幸いにも、ハンナたちよりも先にポーランドに避難していた親類がおり、ハンナたちのためにホストファミリーを探してくれた。

無事に国境を越えたハンナたちが向かった先は、ポーランド南部の村、プロシュフキに住むドロタ一家だった。

三月一四日の午前三時。ぐっすり眠っていたドロタのスマホに突然、着信音が鳴り響いた。電話の主は、同じ村の住人からだった。その住人の家でも一週間前からウクライナ難民を保護していた。その難民から、親類にあたる家族が現在、列車でポーランド国境に向かっていると言われたという。「落ち着き先を探している。子どももいるそうだ。お宅で受け入れてくれないだろうか」

ドロタは夫を起こして話の内容を伝え、三人の子どもたちにも相談した。「受け入れようと思う。みんなはどう思う?」

反対者は一人もいなかった。次女のアシャ(14)は次のように当時の気持ちを明かす。「もし自分が両親ならどうするか、もし自分が難民ならどうしてほしいかを考えました。答えは明白だった」

車で国境沿いのプシェミシル駅へ迎えに行った夫妻は、ホームに現れた家族を見て驚いた。子どもがいると聞いていたが、赤ちゃんがいたからだ。

連れ帰り、二家族一一人の生活が始まった。一つのキッチンを全員で使い、お互いの料理を味見する。四月はそれぞれの国のイースター(復活祭)を祝った。

昼下がり、ハンナがカロリンカを抱いて居間にやってきた。カロリンカは起きたばかり。ご機嫌ななめだ。

左端がハンナとカロリンカ、右からハンナの母のガリナ、妹のオレナ、ビオレッタ、アリーナ（中央前）。ハンナの右隣はドロタ、夫のリシャルド、次女アシャ。前列左、ドロタの長男グジェシェクは、カロリンカから離れようとしない（長女ビクトリアは下校途中で不在）

「どうしたの、かわいい小さなカロリンカ」。むずかるカロリンカをあやそうと、一〇人の「乳母たち」がわれ先にかけ寄り、おもちゃを見せ、両手を差し出す。「いつも居間に集まり、子どもも大人も一緒になって、にぎやかに過ごしています」

カトリック教徒の夫妻は、教区の司祭たちと親しくしており、彼らが気遣ってくれているという。「毎日のように立ち寄ってくれ、力になってくれています」

取材中、司祭の一人のトマシュが、教会の厨房で揚げたばかりというドーナツを届けに来てくれた。ドーナツはまだ温かく、小麦のにおいがたちまち部屋中に広がった。

「こんにちはドロタ、ハンナ。おおカロリンカ、起きていたんだね。きょうのご機嫌はいかが？あれ、ほっぺたに涙がついているよ」。その場にいた家族に笑みが広がる。その笑顔の中心にいるのが、カロリンカだ。

ハンナは、毎晩のように爆撃の悪夢にうなされるという。「それでも、温かい人たちに囲まれていて、安心できています。カロリンカもみなさんにかわいがってもらっていて、とても幸せです」

飛行機におびえる子どもたち

ロシアのウクライナ侵攻以降、欧州各地の教育機関は、就学中の難民の子どもたちの受け入れに奔走した。難民が最も多く押し寄せたのはポーランドだ。もちろん、教員や各学校に配属されているスクールカウンセラーにとっても、初めての経験で、対応に心を砕いた。

二〇二二年四月上旬、クラクフ市北西部にある公立小学校を訪れた。全校児童四〇六人のうち、五一人がウクライナの難民だ。およそ一割強の外国人転校生を一度に受け入れることを考えると、大変な数だ。

戦争前まで子どもたちが住んでいた場所はさまざまだが、ほとんどがロシア軍による激しい攻撃を受けた東部やキーウ周辺の出身だという。命からがら逃れてきたので、住む場所も不安定だ。学校周辺のホテルや一般市民から借りた部屋、難民のために急遽《きゅうきょ》作られた簡易宿泊所など、さまざまだ。

子どもたちの多くは、何も持たずにクラクフへたどり着いた。保護者や周辺の住民が、洋服や靴、通学のために教材などを入れるリュック、下着類、衛生用品など、あらゆる生活必需品を校舎に持ち寄ってくれた。

「地域住民の行動は非常に力強く、そして迅速でした。たちまち山のようなストックができました」とマレク校長がほほえむ。「ポーランド人のよいところは、人を助けるためにすぐに行動を起こすことです」

しかし、ものやお金では助けられないことがあった。避難先で学校生活を始めた子どもたちを見守っていた先生たちだが、ある行動に驚き、悲しみで胸を突かれた。それは、飛行機におびえる子どもたちの姿だった。

校舎はクラクフの空港に近く、授業中に大きな飛行音が響く。すると子どもたちは一斉に自分のかばんで頭を守り、窓の下に座り込む。恐怖のあまり泣き出す子どももいる。

その様子を見たマレク校長は、戦争が子どもたちの心を深く傷つけていることを思い知った。

「飛行機の音がロシア軍の爆撃だと思っているんです。この子たちが、どれだけの恐怖におびえながら、必死に耐えてきたことか」

小学校に隣接している中等学校にも、一七人の難民の生徒が通っている。「戦況をいち早く知るために、彼らは常にスマホを握りしめ、ニュースを探しています」と、同校スクールカウンセラーのベアタが話す。

マレク校長（右）とスクールカウンセラーのベアタ

「ある一七歳の男子生徒は、初めのうちはほとんど言葉を発することができず、ただ涙を流していました」
とにかく、早く子どもたちを安心させたい一心だったというマレク校長。一時期、難民の子どもたちにとって異国言語であるポーランド語で試験を受けるようにという通達を国の当局から受け取ったが、マレク校長は、校長権限で最初の学期試験を廃止した（その後、当局は通達を撤回し、ウクライナ難民の子どもたちの試験を免除した）。

「生活の不安や不快な気持ちを取り除いてあげることが最優先。学習はそのあとで大丈夫です」

届いた手記——マルタ、リサ

次にマルタ、リサの手記を紹介する。二人ともウクライナ人。二〇二三年二月、ロシアのウクライナ侵攻から一年を迎えるころ、筆者のもとに届いたものだ。

手記を読むと、それぞれがロシアの侵攻直前の日々を克明に記憶している。その日が最後の平和なありふれた日常で、その日を境にすべてが変わってしまったことで、心に深く刻まれているのだろう。ウクライナでの生活と、ロシアの侵攻が始まってからの数日間を克明に記してくれている（年齢は二〇二二年二月当時）。

マルタ

日本のみなさんこんにちは、私の名前はマルタ、三九歳です。

ロシアのウクライナ全面侵攻の前まで、私は美しい街リビウに住み、二人のかわいい子どもたちを育てていました。家庭の中だけではなく、子どもたちの学校生活にも積極的に参加し、充実した日々を送っていました。

私の職業はカメラマンです。かれこれ一〇年以上、小さな写真業を営んできました。しかし、おそらく世界中のカメラマンもそうだと思いますが、コロナウイルスの流行のために対面での撮影ができなくなり、そのことが仕事に大きな影響を及ぼしました。

考えた末、思い切って人生を変えることにし、グラフィックデザイナーになるための勉強を始めました。二〇二二年二月一七日、あの日からちょうど一週間前に、講座の課程を無事修了しました。企業でのインターンシップのコンペに参加するための書類を集め始めました。未来はすでに開かれていると思っていました。しかしその一週間後の二月二四日、戦争が始まったんです。

私は最初の恐怖の数日間を克明に覚えています。まず「非現実な感覚」でした。

とにかく命を守らねばと、子どもたちを連れて一番近い地下室に隠れました。しかし私の父は地下室に隠れることを嫌がり、私たちが出て行くのを玄関先でじっと見つめていました。

私たちが隠れていた地下室は天井が低く、直立できませんでした。しかも、狭くてひどい湿気でした。「ママ、どうして私たちはここにいるの？」という子どもたちの困惑した表情を覚えています。

私はその地下室が少しでも居心地がよくなるよう、あらゆる生活用品を可能な限り持ち込みました。水、バケツ、マットレス、寝袋、毛布、生鮮食料品などです。生活に最低限必要なものはすべ

リビウにいたころのマルタと子どもたち。幸せいっぱいだった

てそこに運び入れました。

最初の数日はひどいパニック状態でした。何が起きるかわかりませんから、すべてを予測して自分の身を守ろうとしていました。スマホの電波がない場合にも通信を提供するアプリをいくつかダウンロードして、近所のお店で非常用の物資を買いました。そしてATMでお金を引き出して……。さらに二四時間ノンストップで、ニュース番組を流していました。この最初の数日間は、時間が経つのが本当に遅くて、一日が一カ月のように思えました。通常の精神状態ではなく、非常に抑圧された状態だったのでしょう。

嵐の数日間が過ぎ去ったあと、私は「何かをしなくては」と、外に向かって行動する必要性を感じ始めました。そこでボランティア活動に参加し始めました。

東部から逃げてきた人々は、手持ちのものが小さなリュックサックだけでした。ベッドもなく、十分な防寒着もなく、基本的な生活必需品を必要としていました。私たちは、祖国を守るために働く兵士たちのために、物や衣類を集め始めました。東部からの難民のためのセンターを設立する手伝いもしていました。

ボランティア活動をしていたときに、私が目にした人々の心優しい行い、そして私が感じた心の痛みは、言葉では言い表せないほどでした。毎日、センターに行くと、混乱して右往左往する難民の群れを目にしました。

三月一日、この日は私の誕生日でした。活動している難民ボランティアのセンターで、支援物資の仕分けや調整電話の合間に、お茶とチョコレートで誕生日を祝ってもらいました。そしてその二日後、私はクラクフにいました。

もちろん、ウクライナから逃げたくありませんでした。それにリビウは国内の他の都市に比べてかなり安全だと思われたので、ギリギリまでどこにも行きたくなかったんです。

しかし誕生日の翌日の三月二日、私の家の隣の公園で、小型破壊爆弾を持った男が拘束されたのです。とても恐ろしくなりました。

するとその日のうちに、友人から「クラクフに行く」という連絡が入りました。こんな恐ろしいことがすぐそばで起きたのですから、子どもたちの安全のために、私もすぐに友人と一緒にリビウを出る決断をしなければなりませんでした。

三月三日がやってきました。夜明け前、私と二人の子どもたち、わが家の猫、私の友人と彼女の猫二匹が車に乗り込み、ポーランドに向かいました。

戦時中の夜間外出禁止令が解除された午前六時、検問所が人々を通し始めました。

車には、たくさんのゲームや遊びのグッズを詰め込んでいました。この逃避行が、子どもたちにとって恐怖に満ちたトラウマをもたらすのではなく、冒険のような旅になるように。それに前日は、私の友人たちが国境で一七時間も並んでいたと聞いていたので、なおさらです。長丁場の旅路でも楽しく過ごさせてあげたかった。

子どもたちがいたから、私は冷静でいられましたし、意識を内側でなく、外側に向けて活動することができました。この旅で私が最後まで取り乱さず強くいられたのは、まぎれもなく子どもたちのおかげです。

国境では大勢のポーランド人が待っていて、応援の言葉と子どもたちに用意してくれたお菓子で迎えてくれました。それだけではなく、私たちにくださる「親切という名前の花束」は増すばかりでした。見ず知らずの人たちから、これほどのやさしさや助け、サポートを受けたことは、いままでの人生で一度もありませんでした。

私たち家族のアパート探しを手伝ってくれたボランティアのかたとは、後に親友の関係になりました。私を信じて雇ってくれた雇用主さんも、温かく気遣ってくれました。それだけではありません。道を行き交う人たち、トラムに乗った人たち、そしてすべてのポーランド人の、大きくて誠実な親切な心に、心から感謝しています。

外国での暮らしは、自分がまるで何も知らない盲目の猫のように思えます。交通機関、銀行システム、医療システムなどがどのように機能しているのか、なにもわかりません。ウクライナでは日常的なことで、ものの数分で解決するような小さなことでも、ここでは大きな労力が必要で、とても疲れます。まず語学力に問題があり、ポーランド語ができるようにならないといけません。そして現地の人々の精神性がまだよく理解できていないため、簡単なコミュニケーションが何時間もかかります。そのような難しいコミュニケーション環境の中で、非常に短い時間で子どもたちを現地の学校に入学させなくてはなりませんでした。そして自分の仕事を見つけ、生活を整えなければなりませんでした。これは私にとって、本当に大きなストレスでした。

これまで、私はロシア語を流暢《りゅうちょう》に話し、日常生活でもロシア語を使っていました。でもいまでは逆に、ロシア語を話す人々に対し、強い警戒心と不信感を抱くようになりました。

こうしている間にも、友人や家族がウクライナに残って、祖国を守り、ロシア軍によって破壊された生活を再建しています。でも私は安全なクラクフにいます。そのことに罪悪感を覚え、人生設計を立てるのをやめました。

八〇歳の父は、リビウの大きなアパートに一人残されたままです。父はクラクフで私たちと一緒に住むことを望んでいません。

リビウで子どもたちが通っていた学校から送られてくるチャットがあります。それを読むと、ミサイル警戒のサイレンの間、子どもたちが学校から歩いて一五分も離れた壕に逃げることを余儀なくされている様子がわかります。そして見ていてとてもつらいのは、親たちがそこでなおも心を砕き、子どもたちのために普通の生活を整えようとしていることです。

ロシア軍によるむごい虐殺の報道には、強いストレスを感じています。二一世紀だというのに、こんな非人道的な行為が現実にあるとは、とても信じられません。あまりにもつらいので、ニュースには耳を傾けないようにしているんですが、そうすることにも罪悪感を覚えてしまいます。そして死や損失、敗北、爆弾など、おぞましい事件に対して、慣れきってしまったような、感覚がまひしてしまったような……。

私はこの戦争で、幼なじみと同級生を失いました。それぞれに家族があり、子どももいました。幼なじみは最近、イスラエル国籍を取得し、家族とともに簡単に移住することができたのですが、祖国を守ることを決意しました。しかし二〇二二年九月に、バフムート近郊で殺されてしまいました。約一カ月後、彼の遺体はロシアの捕虜と死者を交換する際、家族のもとに戻されました。

二〇二三年一月に亡くなった同級生は長い間、家族とともにイタリアに住んでいました。しかし戦争が始まったあと、ウクライナに戻って祖国を守る選択をしました。

私は祖国と兵士たちを誇りに思います。ウクライナの伝統に感謝し、涙を流しながらウクライナの歌を歌います。私は起きていることすべてに非常に傷ついており、一刻も早く戦争が終わることを望んでいます。私たちの国を再建し、再び繁栄させるのです。

以前は観光でクラクフに来ていました。いま、同じ通りを歩いていると、何も変わっていないように思えることがありますが、私のウクライナも、私も、クラクフも、すべてが変わってしまったのです。

リサ

私の名前はリサ、二五歳です。

子ども時代は、ウクライナ東部のスヴャトヒルスクという、小さな美しい街で過ごしました。

幼いころから、ウクライナの自然にとても魅了されていました。家族がよく旅行に連れていってくれました。東部だけでなく南部、北部、多くの都市に行きました。ウクライナの自然を目の前にすると、その雄大な景観にただただ驚くばかりです。多くのウクライナの作家や詩人に大きなインスピレーションを与えたのも当然だと思っています。

大学卒業後、社会人としての生活の基盤を築き、キャリアを積み上げるためにキーウに移住しました。企業体の教育センターで、カウンセラーおよびプロジェクトマネージャーとして働いていました。クライアントが学校などの現場で教育プロジェクトを構築し、実行中の各段階で目標を実現できるよう、支援してきました。さまざまな分野の職業、国籍を持つ多くの人々と知り合い、幅広いコミュニケーションをとる機会に恵まれており、この仕事がとても気に入っていました。

ロシアがウクライナ全面侵攻を始める前の最後の日々を、よく思い出します。私たちは職場で同僚たちと大きなプロジェクトの準備をしていて、みんな仕事で忙しかったのです。私も周りの人も戦争が始まるとは誰も思っていませんでした。

ウクライナには、国民にとって血なまぐさい恐怖をもたらした二度の世界大戦の記憶が今も強く残っており、新たな大規模侵攻という考えはちょっと信じられず、空想的ですらありました。毎年五月九日は、ウクライナ人とロシア人が共通して祝う、第二次世界大戦の戦勝記念日（対ナチスドイツ――引用者注）でした。戦争で亡くなった英雄への追悼の意を表し、退役軍人のみなさんを祝福し、彼らが語る当時の悲惨な時代に耳を傾けることを常としていました。

しかしいまとなっては、戦後のロシアとの関係や、私たちが抱いていた楽観的な考えはすべて、間違っていたことが明らかになりました。

あの日、私はキーウのボルィースピリ空港近くに借りていたアパートで過ごしていました。夜明け前の午前四時ごろ、空港に着弾したミサイルの衝撃で目が覚めました。

閃光《せんこう》と、大きな爆発音。窓ガラスが割れそうな振動を覚えています。数分後、隣人と友人が私の家のドアベルを鳴らしました。彼女たちの顔は青ざめていて、怯《おび》えながらひとこと「戦争が始まった」と告げました。

それ以来、私の人生は「戦争前」「戦争開始後」の二つにばっさり分かれてしまいました。薬局や銀行は閉まっており、商品棚が空っぽでした。それでもお店の前には延々と続く列ができていました。そして夕暮れになると、キーウの地下鉄の床に座り込んでいました。銃撃が絶えない中、スマホを握りしめ、ウクライナの別の場所で銃撃にあった親戚との連絡を失わないよう、注意を払っていました。

これらのすべてのことが現実に起こっている。大きな恐怖と心の痛みに襲われ、とてもつらく、苦しい時間でした。

リサ

勤務先の会社は事業が成り立たなくなり、私は職を失いました。それによって、順風満帆《じゅんぷうまんぱん》に思えた将来の計画も、すっかり失ってしまいました。

そしてその夏には、私の実家が砲弾の直撃で全焼し、祖父が生涯をかけて収集していた膨大な蔵書もろとも燃えてしまいました。これで私は「家」と呼べる場所を完全に失いました。

こうして、私は自分のルーツと温かい思い出、夢が奪われ、将来の希望や計画、生活の楽しみを失った代わりに、魂が引きちぎられたような痛みと虚しさだけが残りました。

いまは母と一緒にフランスに住んでいます。母が三年前にフランス人と再婚したことから、身を寄せることができています。

フランスに来てすぐのころは、とても大変でした。悪夢にうなされて眠れなくなりました。夢の中で銃声がとどろき、誰かの叫び声が聞こえるときもありました。うなされて真夜中に目が覚めます。戦争が始まってしばらくの間、キーウで常に恐怖とともに暮らしていたときのことが、よみがえるのです。一度目が覚めてしまうと再び眠ることができませんでした。

眠れないので精神状態が悪くなり、うつ病の症状が出てきてしまいました。

こちらで治療を受け、いまはだいぶ良くなりましたが、まだなにか違和感が残っています。

戦争がなかったら、私はウクライナを離れることはなかったでしょう。たとえ非常に困難な時期であっても、私はウクライナのすべてが好きだったからです。

そして現在、私は自分の生活を一から立て直さなければなりません。私はフランス語を勉強しています。それでも、私は勝利をとても楽しみにしています。ウクライナの勝利のうちに戦争が終結したら、私はすぐにウクライナへ、祖国へ戻ります。

第2章　難民を支える人々

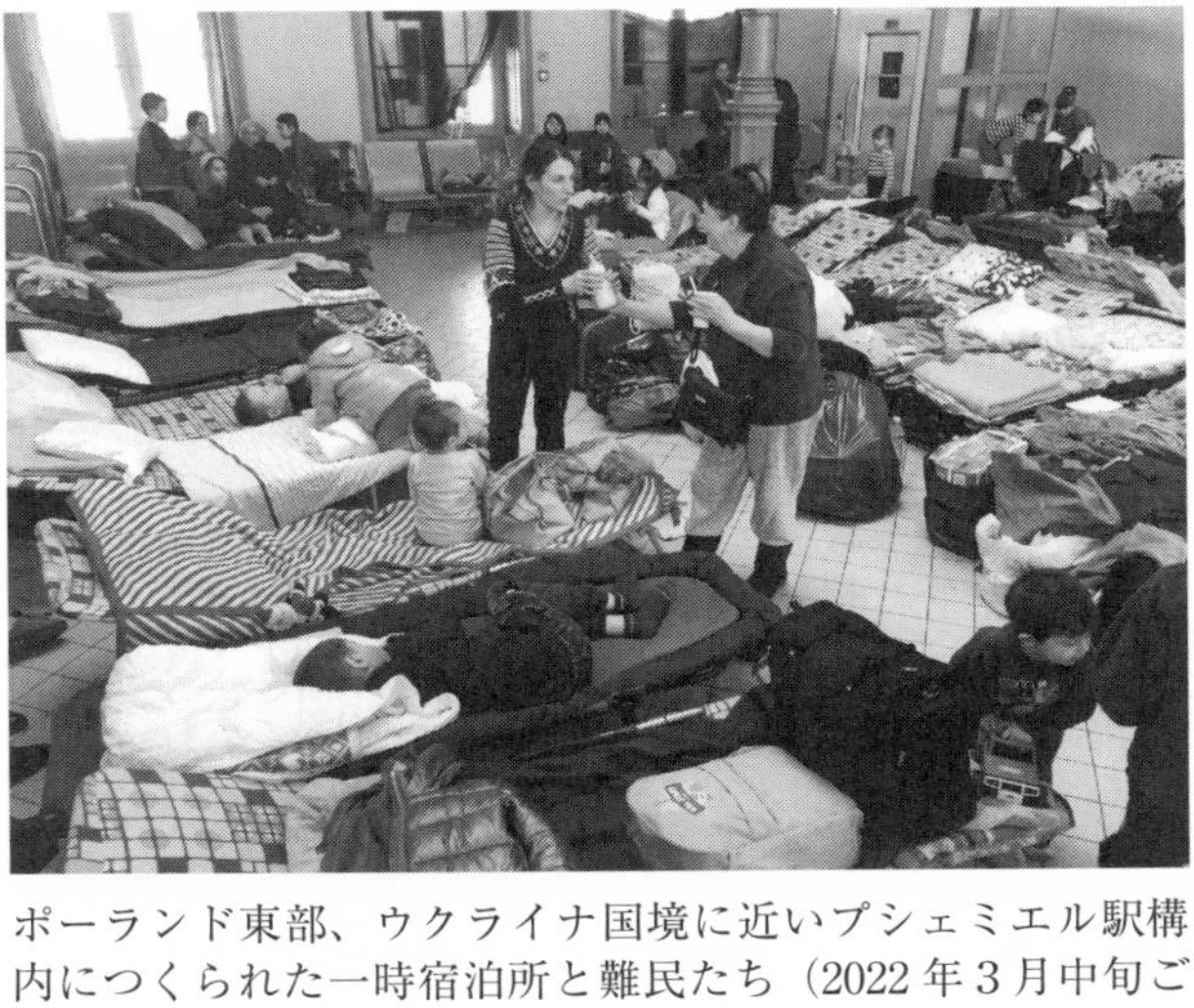

ポーランド東部、ウクライナ国境に近いプシェミエル駅構内につくられた一時宿泊所と難民たち（2022年3月中旬ごろ）

ロシアのウクライナ侵攻が始まった翌日から、ウクライナの隣国ポーランドには、大量の難民が殺到するようになった。

ポーランド南部の都市クラクフの中央駅は国際列車が行き来し、ウクライナからのアクセスもよい。また国際バスターミナル駅にも隣接している。そのためもあり、毎日数千人の規模のウクライナ難民が列車や国際バスに乗って到着するようになった。駅構内はたちまち、行き場のない難民でごった返すようになった。

クラクフ市は、駅構内の空きテナントを使い、難民受け入れのための特別窓口を設置。難民が緊急宿泊できる場所をデータベース化し、ウクライナ語の宿泊情報の提供を二四時間ノンストップで開始した。また、駅に併設しているショッピングモール内には、子連れの難民親子のために、簡易ベッドとベビーベッドのほか、おむつ交換台、バスルームを備えた特別スペースを設けた。

市では、中央駅から徒歩五分のところにあるラジヴィウォフスカ通りの建物でも、二四時間対応のヘルプデスクを開設した。難民は宿泊先が見つかるまで最大で二四時間待機でき、当座の食料を受け取ることもできた。

また、難民支援を希望する住民リストの作成も行った（現在も続行中）。市ホームページから、個人情報を書き込むフォームに記入する。フォーム欄には次の質問事項があった。

・出身国と使用言語（英語、ウクライナ語、ポーランド語）
・これまで、ボランティアとして非政府組織から委任されたことがあるかどうか
・難民に提供できるスキルおよびサービス（医師、弁護士、通訳、学校教員）
・支援が可能な曜日と時間帯

このほか、ポーランド政府では、ロシアのウクライナ侵攻のためにポーランドに逃れた難民一人に対し、生活費の補助として一日当たり四〇ズロチ（約一五〇〇円）を最大一二〇日間支給することを決定した。

食料などの物資を受け取る難民たち（クラクフ駅構内）

このように、クラクフ市の行政は可能な限りの支援態勢を整えた。しかしいち早く難民支援に力強く動き出したのは、一般の人々だった。

さまざまな方法や工夫を凝らし、難民を支え続ける人々を追った。

動けなくても助けたい

もしも第二次世界大戦中だったら、連絡手段は限られていた。よくて電話や電報、通信機器がなければ伝言や手紙。あとは掲示板に名前と連絡先を書いて貼り付けるしかなかった。現代はインターネットがあり、簡単に連絡が取りあえる。

特に、世界中の人々がSNSを利用していることで、連絡手段や支援方法が大きく進化した。また、翻訳機能が日進月歩で改良されており、異なる言語、異なる地域、異なる民族同士がより簡単にコミュニケーションをとれるようになった。このことにより、以前ならまず不可能だった多くのことが実現し、SNSは一連の支援活動に欠かせないインフラとなった。その例の一つが、次に紹介するマウゴシャだ。

マウゴシャはポーランド北部のブロドニツァで穏やかな毎日を過ごしていた。ロシア軍がウクライナを侵攻した当時、マウゴシャは妊娠八カ月。出産が数週間後に迫り、安静にしていなくてはならなかった。しかしテレビやインターネットで、ワルシャワやクラクフの駅構内で床に倒れている子どもたちの写真や動画を見て、心配で眠れなくなった。

出産前の大きなおなかを抱えていては、満足に動けない。それでも自分になにかできることはないか、考えた。ＳＮＳで検索を繰り返すうちに、ウクライナを支援するグループを見つけた。そこには、助けを求める人々の声があふれていた。

グループ内では、助けが必要な人がその都度投稿し、その投稿を見た人の中で、助けられる人が即応する。毎日、助けを求める一～二世帯の難民の家族と連絡を取り合い、助けた。難民たちは待ったなしの困難に直面しており、マウゴシャは二四時間体制で電話応対をした。ウクライナ語はわからないため、スマホのグーグル翻訳機能を使う。ウクライナ語に翻訳した音声を電話越しに聞かせ、会ったことのないウクライナ人たちの窮状を聞いた。

マウゴシャ。新しいいのちと

ポーランドに逃げたいけれども頼る人がいない家族。ポーランドの国境を越えても移動手段がない家族。医療が必要な家族。苦境に置かれた人々の話を一生懸命聞いた。車を手配し、生活に必要な条件や適した環境を探し、住む場所を見つけた。ウクライナへ食料を届け、ペットをポーランドへ輸送する支援も手掛けた。

「大変だったのは、妊娠中の女性をクラクフから救急車でドイツの病院まで医療搬送する手段。私も妊娠中の身で、もし自分だったらと思うととても悲しかったです。結局、病院を見つけるまで二カ月かかりました」

やがてマウゴシャの出産予定日が迫り、四月末で活動を中断。五月一三日、無事に赤ちゃんが生まれた。マウゴシャは赤ちゃんにナボイヤという名前をつけた。勇敢な戦士という意味だそうだ。「困難に直面したとき、この名前がきっと役に立つでしょう」

子育てに明け暮れる現在も、マウゴシャは助けた人々と連絡を取り合っている。「いまの生活が安全か、どうやって暮らしているのか、いつも気にかけています。いまはみなさんの役に立てず申し訳なく思っていますが、どうか無事でいてほしい」

スープは家庭の象徴

ポーランドのクラクフ中央駅から二キロほど北に、ウクライナの難民たちがクラクフに到着して最初に向かう建物がある。スープを受け取るためだ。棚に並ぶ大きな瓶の中にはスープが一リットルずつ入っており、難民はいつでも無料で受け取ることができる。クラクフ郊外に住む友人のパヴェウが案内してくれた。「ここのスープはすごくおいしいんだ」

プロジェクトチーム「スープをウクライナに」は、クラクフに住む四人のコーディネーターと約三〇人のボランティアが運営。一般家庭の鍋は小さく、必要な分量が賄いきれないため、クラクフ市内で経営している数十軒のレストランも協力。業務用の鍋で数百人分のスープを仕込み、日々難民に届けてきた。

「スープをウクライナに」で働くスタッフたち

代表的なウクライナ料理であるボルシチのほか、ジャガイモのスープ、キノコのスープなど、数種類を常備。若い世代向けにはスパイスを利かせたメキシコ風スープなどもある。

アレルギーのある人や、ベジタリアンの人のために、スープの材料は肉を一切使わず、野菜のみ。冷蔵せずに長期保存が可能だ。「肉が食べたい人もスープを使って自由にアレンジできます」

建物は一時宿泊所の機能も備えており、最大五〇人の難民の収容が可能。スープと寝床を与えられた難民の人たちは、戦争によって自分の家や街がどうなったかを、

アレルギー対応のため、スープのラベルには使われたすべての材料が書かれている

スタッフにとめどもなく話すという。

建物の敷地内にはテーブルやいすが設置されており、難民たちがくつろぐことができる。

代表のカシャは「ウクライナの人はとても家庭的な人が多い。彼らと会話をしていると、いかに自分の家や庭、育てている草花を大切にし、毎日降り注ぐ太陽にさえ強い愛着を抱いて生活していたのかが、よくわかります」と話す。

ポーランド人は家庭でよくスープを作る。日本のみそ汁のような、なくてはならないものだ。おとなりのウクライナの人々にとっても、スープは家庭の象徴そのもの。平和だった祖国の自宅で、家族そろってスープを食べた思い出があるのだろう。「突然家を追われた難民の人々は、心配と不安、疲労で心がぼろぼろです。私たちのスープでひとまず安心し、生きる力を取り戻してほしい」

建物の家賃や光熱費などの運営資金はすべて寄付に頼っているため、資金集めに苦労しているというスタッフたち。「お金をできるだけたくさん集め、おいしいスープと食べ物を難民の人々に届けたい。温かい食べ物を食べると、心も温かくなりますし、やさしくなれるんです。誰一人、ひもじい思いや生活の心配をしてほしくない」と口々に話している。

自分のこととして考え、行動する

クラクフ市中心部、旧市街の一角に四階建ての大きな建物がある。ウクライナの難民が身を寄せているホステル（簡易宿泊所）だ。慈善団体の「ボルノ・ナム」が運営している。アンナは二五人のスタッフをまとめ上げ、現場の指揮にあたっている。

翻訳家として企業で働いていたアンナは、ロシアのウクライナ侵攻を知った瞬間、パニック状態に陥った。「ウクライナの次はポーランドに侵攻するのではないか。私の運命はどうなってしまうのか」

ここで、ポーランドとロシアの関係と、ポーランドの現代史についてごく簡単に説明する。ポーランドの歩みは栄枯盛衰で、中世の華やかな黄金時代のあと、近隣諸国による干渉で国土が三分割され、世界地図から消滅、一部はロシアが支配した。ピアノの詩人・ショパンやノーベル賞を二度受賞したキュリー夫人は、帝政ロシア支配下のワルシャワで生まれ育った。

一九一八年に独立宣言を果たしたポーランドは、当時の権力者ピウスツキがさらなる国土回復を目指し、ソ連と戦った。「ポーランド・ソビエト戦争」と呼ばれる。ポーランドは勝利し、東側に広範囲の国土を獲得した。

しかしソ連は、第二次世界大戦でもポーランドを侵攻。ポーランド軍将兵や公務員など約二万人を強制連行し、虐殺した。有名な「カティンの森事件」（一九四〇年）だ。しかも大戦終結後のポーランドはソ連の衛星国となった。ポーランドにとっては暗い時代だ。

一九八〇年、待遇改善を求める工場労働者による自主管理労組「連帯」（ポーランド語でソリダルノシチ）が誕生。ポーランド民主化運動へと発展した。ソ連当局は戒厳令を敷き、「連帯」の活動家やデモを弾圧したが、国民は屈さなかった。一九八九年に民主化がスタート。現在の「ポーランド共和国」となった。その後二〇〇四年にＥＵ加盟。著しい経済発展を遂げて現在に至る。

ポーランドの国民は、学校でも家庭でも祖国の苦難の歴史を学んできた。ポーランド国民のロシアに対する不信感と警戒心は依然として根強く残っており、それはウクライナや旧ソ連の衛星国だった諸国も同様だろうとアンナは感じている。アンナだけではなく、少なくないポーランド国民が、ロシアのウクライナ侵略のニュースを知ったとき、やがて自分の国も戦禍に巻き込まれるのではないかと思ったのだ。

パニックの後、アンナは徐々に落ち着きを取り戻していった。そして次に脳裏に浮かんだのは、ロシアが攻めてきた現地で逃げ惑う、社会で最も弱い立場の人々だった。

「この人たちのために働こう」と決意したアンナは、仲間とともに、難民が無料で宿泊できるホステルを開設。ベッドの確保に奔走し、三日間で七〇床のベッドを集めた。

ホステルの存在を知った難民たちが押し寄せ、ベッドはたちまち満床になった。その後も増床を続け、ロシアの侵攻から約一カ月後の二〇二二年四月の時点で、建物全階に約一五〇人が生活していた。

居室はできるだけ家族単位で割り当て、プライバシーを尊重している。子どもたちの遊び場や食堂もあり、一日三回の食事を無料提供している。

「ボルノ・ナム」が運営するホステルで働くアンナ

「生活用品は市民があらゆるものを持ち寄ってくれるので、ほとんど足りていますが、子ども用の医薬品に、一〇代の子どもと女性用のスニーカーがほしいです。借りている建物の家賃も必要です」とアンナが話す。

アンナとともに働くクリシャは、「戦争は両親や祖父母が実際に体験していますし、私たちにとって、そう遠くない過去なんです」と話す。加えて戦前のウクライナ西部はポーランドの一部でもあった。「多くの歳月を共

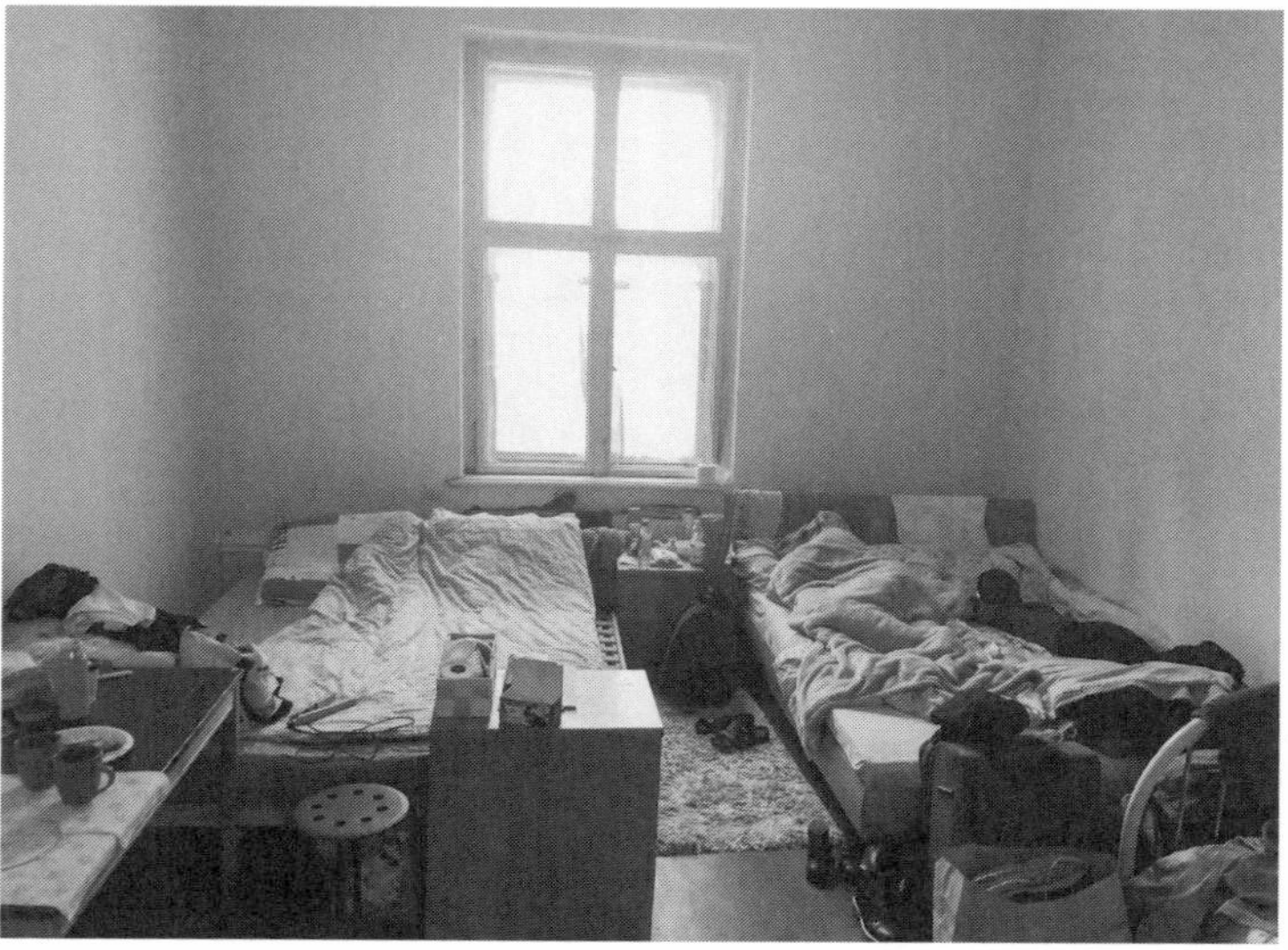

ホステルに設置したサロン（上）。子どもたちが集まって遊んだり勉強をしたり、大人も意見交換ができる。下はホステルの難民用寝室

有してきたウクライナが外国という感覚は、かなり薄いですね」

今後は一〇代の青少年の心理ケアが大切だと話すアンナ。「精神科医と連携し、子どもたちの心境にもう一歩踏み込んでいく必要があります。ロシア兵にレイプを受けた少女がポーランドにやってきています。子どもたちの精神状態は、すでに多くの問題が表出しています」

戦争が長引くにつれ、抱える問題が根深くなる。しかし問題から逃げているわけにはいかない。「自分のこととして考え、行動することが大切です」と話すアンナ。ポーランドに来た難民と、互いの人生の一部分を共有し、共存していくという覚悟を持って、アンナたちは支援活動を続けている。

「私も祖国を追われた難民です」

難民を支援しているのは、ポーランドの住民だけではない。ポーランドに住む外国人も次々に立ち上がった。ベラルーシ出身でクラクフ在住のマリヤもその一人だ。ロシアによるウクライナ侵攻は、ネットニュースで知った。

すぐに祖国ベラルーシやウクライナ出身の友人たちと国境に向かい、難民支援の活動を始めた。以来、朝から晩まで難民の相談に応じ、物資の調達に奔走する。帰宅はいつも深夜になり、数時間しか眠らない。食事をする時間もなく、体重が減った。周囲が体調を心配しても、休もうとしない。

ウクライナとの国境に近い、ベラルーシ南東部の都市ゴメリで生まれ育った。七年前、留学のためにベラルーシを出て、単身ポーランドにやってきた。まだ一七歳だった。語学学校でポーランド語を習得したのち、クラクフ市内の私立大学で映像制作を学んだ。卒業後はモデルとして働きながらロシアの大都会・モスクワへ行き、女優として活躍することを夢見ていた。ポーランド語に比べ、ロシア語はベラルーシ語と非常によく似ており、発音やアクセントを矯正する苦労が少ないからだ。

「本当はポーランドで活動したいけれど、ポーランド語の発音やアクセントの使い方で、ネイティブの人との違いが出てしまいます。言語がほぼ同じロシアなら、ベラルーシ出身者も成功するチャンスが多いだろうと思っていました」

ところが二〇二〇年、ベラルーシの大統領選挙で不正疑惑が起きた。

ベラルーシのアレクサンドル・ルカシェンコ大統領は、「ヨーロッパ最後の独裁者」と呼ばれており、極めて親ロシアの人物として知られている。ルカシェンコが大統領選挙に初めて出馬したのは一九九四年。以来、六回にわたる大統領選挙で当選を続けている。二〇二〇年の大統領選では不正選挙の疑いで国民が大反発。首都ミンスクをはじめとする全国各地で大規模な抗議デモが繰り広げられ、マリヤの友人たちもデモに参加。その多くが投獄され、拷問を受けた。拘束後に消息が途絶えた友もいる。

逮捕を逃れて祖国から次々と脱出する同胞をマリヤは保護し、支援してきた。それだけでなく、クラクフ中心部でたびたび抗議デモを行い、「ポーランドの隣国であり私の祖国であるベラルーシでは、市民による革命の瞬間を迎えています。それなのに当局は彼らを暴力で弾圧し、殺された若者が大勢いるのです。いますぐルカシェンコの独裁政権を崩壊させ、真の民主主義を！」などと呼び掛けた。

マリヤの行動は地元メディアに何度も大きく取り上げられたため、たちまちベラルーシ当局にも知られることとなった。当然、処分の対象であり、帰国すれば即逮捕される。

支援物資を保管する倉庫で働くマリヤ

決定的なできごとがあった。マリヤの両親が暮らすベラルーシの実家に突然当局が家宅捜索に押し入り、家具や書棚を倒し、家じゅうを破壊していった。マリヤの母は自分の身に危険が迫ったことを察し、ベラルーシを脱出。ポーランドのマリヤのもとに身を寄せた。

そんな彼女にとって、ウクライナの難民支援は「当然の行動」だと説明する。

「なぜならば、望郷の念をこらえてポーランドに留まるウクライナの人々の姿は、私の目には自分とまったく同じように映るからです。私もまた祖国を追われ、政権が変わらない限り戻ることができない。そう、難民同然の身分です。だから、このような時はどうすればいいか、よく知っているんです」

ウクライナ侵攻では、ロシアの軍用輸送車がベラルーシを通過してウクライナに向かう。そのことにもマリヤは胸を痛めている。

「いつもベラルーシ人として責任を感じているんです。ウクライナには私の親類も住んでいます。ベラルーシとの関係は家族みたいなもの。それなのにロシアが勝手に始めた戦争に加担するなど、つらくて考えたくありません」

マリヤの支援の輪は大きく広がり、活動する仲間は約二〇〇人に増えた。そのほとんどが、ウクライナとベラルーシの出身の若者たちで、マリヤの保護を受けた難民の人々も支援メンバーに加わった。二つの国の難民たちが互いに力強く支え合っている。

遺言を託されて

マウゴジャタはクラクフ市内で私立学校や飲食店を経営し、毎日忙しく働いている。

マウゴジャタの家族は特別な歴史を持っている。父方の家族は第二次世界大戦勃発までウクライナ西部のリビウで生活していた。当時のリビウはポーランド領だったためだ。しかし第二次世界大戦終結後、ポーランドの国境線が変更された結果、国土が西へ移動。リビウはウクライナの領土となり、一家は強制移住をさせられた。つい八〇年前まで祖先が住んでいたウクライナは、マウゴジャタにとって第二の祖国だと思ってきた。

だから、ロシアのウクライナ侵攻は、自分のルーツを破壊される痛みを感じた。ポーランドになだれこむ難民の人々はみな同胞だと思った。助けたい一心で、これまで営んできた事業で培ってきた幅広い人脈を駆使し、多くの難民を支援してきた。

難民のアリーナを看取ったマウゴジャタ

数多くの出会いと別れがあり、どれも忘れられない。しかし最も特別でつらい別れがあった。難民のアリーナの「看取り」だった。

ロシアがウクライナに攻め込んできたとき、アリーナは首都キーウの病院で入院中だった。脳腫瘍の末期で、絶対安静の身だった。しかしロシアがキーウに迫り、その病院も危なくなった。

三月末、アリーナは母に連れられてキーウを脱出した。リビウを経由して混乱の国境を越え、やっとの思いでポーランドのプシェミシルにたどり着いた。平常時なら半日程度の行程だが、五日もかかる苦しい旅だった。プシェミシルに到着したアリーナの容態はかなり悪化していた。

マウゴジャタは、アリーナをプシェミシル市内の病院に入院させた。それから二週間が経ち、アリーナの容態が少し安定してきたのを見計らったマウゴジャタは、彼女をクラクフのホスピスへ搬送した。アリーナの容態は小康状態を保っていたが、死が目前に迫っていた。最後の時間は母と一緒に、穏やかに過ごさせてあげたいと思ったのだ。

ホスピスで過ごすアリーナと母を支えながら、マウゴジャタはアリーナが歩んできた人生を徐々に理解するようになった。アリーナは以前、生まれてまもない赤ちゃんを亡くしており、母に遺言を託した。「私の骨を、あの子と一緒に埋めてほしい」

五月四日、アリーナは静かに息を引き取った。ポーランドに着いた日からちょうど一カ月後、ホスピスに移ってから二週間後のことだった。

マウゴジャタは言語が不自由な母に代わり、アリーナの葬儀を取り仕切った。葬儀が終わると、骨になったアリーナを抱きしめて駅に向かい、クラクフ発ワルシャワ行きの特急列車に乗った。

ワルシャワに着くと、ウクライナに向かう人道支援団体が待っており、マウゴジャタはアリーナの骨つぼを託した。

骨つぼは、キーウで生活を続けているアリーナの父に手渡された。現在、アリーナは遺言に託した通り、キーウの墓地で子どもと眠っている。

ウサギの逃避行

マウゴジャタの難民支援は多岐に及ぶが、最も苦労した支援はヒトではなく、一羽のウサギだった。難民は人間だけではない。ともに暮らしていたペットもまた、難民たちにとって大切な家族で、大切ないのちだ。

ウクライナ東北部にある都市・ハルキウから逃れてきた家族を保護したときのことだ。マウゴジャタは一家を自分の家に招き入れたが、彼らは「リチャルデナ」というウサギを連れていた。

やがて一家はドイツへの避難を希望した。マウゴジャタが難民申請の手続きを助けていたが、申請が完了する最後の最後で、頓挫した。ドイツはペットの持ち込みが禁止されており、リチャルデナを受け入れてもらえなかったからである。

ドイツ行きを断念した一家は、ペットを受け入れてくれる国を探し、アイルランドに行くことを決めた。空路で向かうことになり、チケットを購入したが、リチャルデナが搭乗できないことが判明した。ウサギは心臓が弱いため、飛行機に乗せられないのだ。

当事者の誰もが、小さなペットの持ち運びは簡単だと思っていた。しかしリチャルデナの存在は思った以上に大きな影響を及ぼしていたのだ。簡単にいかないことを理解したマウゴジャタは、

「リチャルデナ特別輸送作戦」を開始した。

まず、国内外のさまざまな難民支援団体に連絡し、リチャルデナの輸送方法を探した。輸送を引き受けてくれる団体はたくさんあった。しかし問題はリチャルデナの輸送費で、最大で五〇〇ユーロ（約八万円）と非常に高額。一家には工面できる余裕はなかった（ちなみにヒトの場合、クラクフからアイルランドのダブリン行きの格安航空券が数千円で買える）。

長い旅をがんばったリチャルデナ

打つ手がなく弱りはてていたが、救世主が現れた。国内の運送会社が、ポーランド通貨の六〇ズロチ（約二〇〇〇円）で、リチャルデナの輸送を引き受けてくれたのだ。難民の一家はしばしリチャルデナと別れてダブリンに向かい、リチャルデナはその運送会社が運んでくれる。

輸送ルートが決まった。輸送車はクラクフを出発したのち、ドイツを経由するが、ペットではなく貨物扱いにする。フランスのシェルブール＝アン＝コタンタンに到着したら、貨物船に乗り換え、アイルランドまで運ばれる。

これで全員が移動できる。一同で喜び、安堵していたが、またあらたな問題が発覚した。一家の到着日よりもリチャルデナのほうが、数日も早くアイルランドのダブリンに着いてしまうのだ。

マウゴジャタはあわてて、現地アイルランドでリチャルデナを運送会社から一時的に引き取ってくれる支援者を探し始めた。運よく見つかったのはいいが、引き受けてくれた支援者は一家が到着する時刻の数時間後に旅に出る予定がある。もしも一家の搭乗機が悪天候による遅延や欠航になればアウトだ。薄氷を踏む思いとはこのことだが、ほかにお願いできる支援者が見つかる可能性は低い。マウゴジャタは思い切って、リチャルデナの引き取りと一時預かりをその支援者に託した。

リチャルデナの移動経路

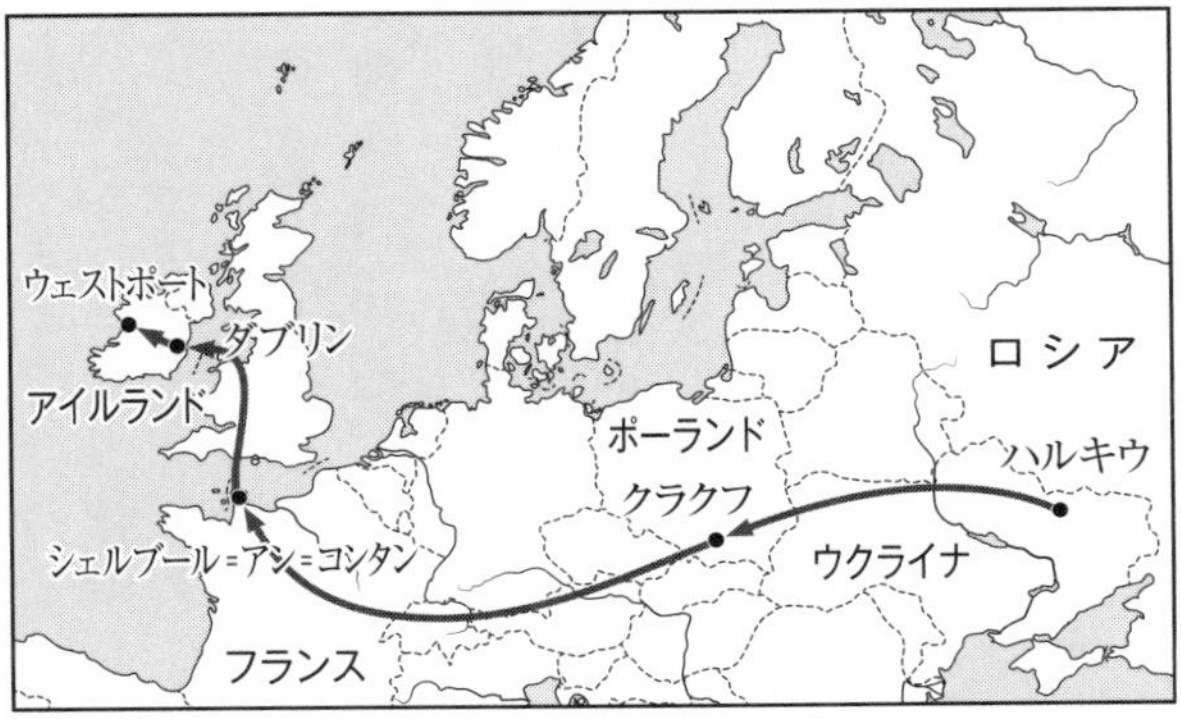

　さて、運命の当日がやってきた。数日早く到着したリチャルデナを連れた支援者は、ダブリンの空港で一家の到着を待っていた。

　しかし、来ない。飛行機は予定通り到着していたのだが来ない。一時間待っても来ない。ＳＮＳでコンタクトを取ってみたが、応答がない。

　支援者は心配と焦りを覚えた。搭乗中、機内で体調でも崩したのではあるまいか。支援者自身が搭乗する飛行機の搭乗時刻が刻一刻と迫る。お願いだから、頼むから来てくれと、手に汗を握り、一家を待ち続けた。

二時間待ったところで、ようやく一家が現れた。入国前に難民申請の手続きをしなければならず、時間がかかってしまったのだった。

ウサギのリチャルデナ（オス、三歳）は、人海戦術による大逃避行を無事に終えた。アイルランドの港町、ウェストポートで、健やかなペット生活を送っている。

自治会で財団法人を設立

クラクフの市街地には雄大なヴィスワ川が流れている。川のほとりは景観がとても美しく、毎日、多くの人が散歩やサイクリングを楽しんでいる。

ヴィスワ川の南側一帯の地域にデンブニキという自治会がある。日本でいうところの「日の出一丁目」のような町内会だ。観光客で騒がしい中心部と打って変わって閑静な住宅街で、クラクフのベッドタウンでもある。そこでは、地域ぐるみでウクライナの難民支援を行っている。

戦争が勃発した二月二四日、デンブニキ住民のウチアアが近所の人々と話し合い、ウクライナ難民支援のための財団「デンブニキが大好き！」を設立。代表にウチアアが就任した。ウチアアもデンブニキの住民で、夫と一〇代の娘二人と生活している。

「何千何万の人々がクラクフに流れ込み、支援が数カ月以上に及ぶことは、すでに誰もが予見していたことです。組織化して継続した支援活動をするのに最も効率のよい方法でした」

難民はすぐにクラクフ中央駅へ押し寄せてきた。ウチアたちは居場所の確保に奔走。一時は二五

「デンブニキが大好き！」は地域の子どもたちとの交流イベントもたびたび開催している

住民と難民との交流イベントで働くウチア

〇世帯の住民が難民を受け入れてくれた。ウチア自身も自宅に難民たちを招き、生活を共にした。

身体が不自由な難民も分け隔てなく受け入れた。特にウクライナ東部から避難してきた高齢者や病人、けが人などを収容する宿泊センターを開設し、食料品や生活物資を運び入れてきた。

避難生活が長期化する難民たちが、早く地域社会に溶け込めるよう、ポーランド語と英語を無料で学べる語学教室も始めた。また他団体と協力し、難民のための心理療法センターや、一〇代の若者を対象にした補習学校も運営している。

最も心を砕いてきたのは、難民と住民との相互理解だ。双方と相談をしながら、夕方や週末に交流会やイベントを開催している。楽しい雰囲気で過ごせるよう、難民の当事者も企画に参加し、イベントを共同で運営している。

難民の就職活動をサポート

戦争が長引けば長引くほど、避難生活を続ける難民たちは、当面の帰国の目途が立たない。だからこそ、働いて収入を得る必要に迫られている。しかし難民にとって、避難先は見知らぬ土地であり、頼る人もいない。前途多難だ。

専門相談員のオルガ（右）とキャリア支援ボランティアのドミニカ（オルガ提供）

「デンブニキが大好き！」は、難民の就職をサポートするキャリア支援部門を二〇二二年六月に設置。相談員のオルガが数カ月の間に三〇人近い難民の求職活動をサポートしてきた。

就職活動は地元在住のポーランド人でも難しく、通常でも数週間、長引くと数カ月かかる。ポーランドに地縁血縁がなく、言語が不自由なウクライナの難民は、さらに困難だ。オルガは一般企業で採用担当の仕事をしていた経験を生かし、履歴書作成のサポートに力を入れてきた。

その結果、多くのウクライナ難民がクラクフで美容師や運転手、事務員など、さまざまな職種で仕事を得た。

難民の就職は以前に同じような職業で働いていた経験が生かされる場合が多い。しかし、歯科医や助産師、心理学者、教師などの資格職の中には、ポーランドとウクライナで資格制度が異なる場合もあり、キャリアの継続が難しい。しかしオルガは次のように励ます。

「本来の学歴や希望に合った仕事でなくても、働く意欲と自分の人生を切り開くという強い意志を持つことです。求職活動は積極性が重要。そして何より、うまくいかなくても落ち込まないでください。それが採用につながるポイントです」

仕事が見つからない人の多くは、言語の問題を抱えている。そのため「デンブニキが大好き！」は、英語とポーランド語の語学教室も無料で開講。就職活動を後押ししている。

「戦争のために突然、まったくの未知の状況や予期せぬ現実に直面した人たちの人生を、具体的かつ長期的に支援していきたい」

住民たちと知恵を出し合いながら、難民たちの生活を包括的に支えてきたウチア。多くの人から頼られるため、ときどき一度にたくさんの問題が押し寄せてきて、一人で抱え込んで疲労困憊してしまうこともある。

そんなウチアにとって、苦労が吹き飛ぶほどの忘れられないことがあった。ウチアの自宅に受け入れた女性が、SNSのプロフィール画面に、ウクライナ国旗を示す青い空と黄色の麦畑を背景に、ポーランド国旗の色である赤と白の家が建つ写真を使っていた。

「それを見て、涙があふれました。私たちの気持ちが伝わったのだと」

戦争が早く終わってほしいのは、ポーランドの人々も同じだ。戦争はウクライナ人だけでなく、難民を支援するポーランド人にとっても大きな試練となった。

「しかし、この支援の経験が、私たちポーランド人をよい意味で変えた」と話すウチア。「ウクライナと私たちは、今後いつまでも、強い絆で結ばれていると思います」

子どもたちのために児童劇を

ポーランド・クラクフ市街から六キロほど離れた場所に、ノヴァ゠フタという地域がある。ノヴァ゠フタはポーランド現代史に欠かせない街である。第二次世界大戦後、ポーランドは旧ソ連の衛星国となった。ノヴァ゠フタはその当時、社会主義都市のモデルとして建設された「スターリン時代の巨大な遺物」である。大規模な製鉄所と住宅団地が造られ、そこで働く従業員が集まって生活するようになったが、当局は「神も宗教もないプロレタリアートの安息の地」という理想を掲げ、教会の建設を許さなかった。

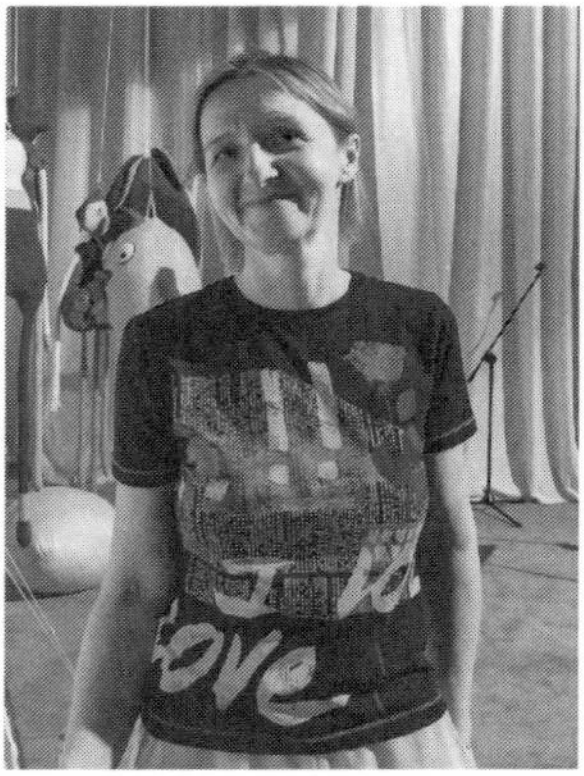

カシャ

住民は当局に対してデモを起こすようになり、カトリック教会の建設を勝ち取った。一九八〇年、先述の「連帯」によるストライキがポーランド全土で勃発。ノヴァ＝フタで起きたストライキもその一つだった。当局は戒厳令を出したが、ノヴァ＝フタの住民はたびたび結集し、自身たちが製造する鉄骨よりも力強くデモを起こした。民主化後、広場に立っていたレーニン像は破壊された。

そんなことから、ノヴァ＝フタは、さまざまな意味での「聖地」として、数時間コースのガイドツアーが数多く用意されており、観光客の人気を集めている。

このノヴァ＝フタで行われた、あるプロジェクトを紹介する。

ロシアのウクライナ侵攻で、旧ソ連の影響下でつくられたこのノヴァ＝フタに、多くの難民が身を寄せるようになった。中心部にある劇場でコーディネーターとして働くカシャは、侵攻後すぐに支援活動を始め、劇場を開放した。住民が食料品や衣類など、あらゆるものを持ち込み、劇場はたちまち物資でいっぱいになった。カシャは支援物資の整理に明け暮れ、難民に必要なものを渡した。

一六歳の難民の女の子が一人で劇場にやってきた。カシャはいつものように「必要なものはすべて持っていってね」と声をかけた。しかしその少女はおずおずと小さなトウモロコシ水煮の缶詰に手を伸ばすと、ほかの物は一切受け取らずに、黙って去っていった。

その様子にカシャは胸を衝かれ、涙が出た。「いろんなものがほしかったでしょうに。彼女は他人にものをもらうことが恥だと思い、申し訳なくも感じていたのです。このような経験は、これまでの人生で一度もなかったでしょう」

難民の当事者と直接会って話をするうちに、人によって必要なものや希望が異なることを知った。以来、個々の願いの実現を手助けする活動に力を入れてきた。

美容院に行ってさっぱりしたいというお年寄りの女性に、美容師を手配した。夫が待つスペインで出産したいという臨月の女性の旅を手伝い、現地へ送り出した。一カ月後、出産した赤ちゃんを囲む夫婦の幸せそうな写真が送られてきた。

ウクライナ侵攻から一カ月が経つと、ノヴァ＝フタのまちも、住民も、少しずつ落ち着きを取り戻していった。カシャはようやく物資支援から離れることにしたが、同時に「ここで生活を始めた難民の子どもたちは、避難先のこの地で芸術を心から楽しむ機会があるのだろうか」と考えるようになった。

次第に、難民の子どもたちに対して、劇場という特性を生かした精神的な支援をしたいと思うようになった。

上演後、舞台に集まった俳優たちとウクライナの子どもたち。劇には侵攻後にウクライナから避難してきた俳優を起用した（後列左）

そこで思いついたのが、難民の子ども向けの児童劇の上演だ。ウクライナ難民の子どもだけでなく、地元ノヴァ＝フタに住む五歳から六歳の子どもたちも招待することにした。

脚本は二〇世紀前半に活躍したポーランドの詩人、ユリアン・トゥビムの児童向けの詩「機関車」をアレンジ。物音を模倣する、日本語のオノマトペのような言葉が多用されており、言語の壁が低いと判断した。脚本にはウクライナ語訳をベースにポーランド語のアレンジを加えた。

擬人化させた機関車が世界中を駆け巡り、鳥のさえずりが響き渡る。圧巻のパフォーマンスに目を輝かせ、手をたたいて喜ぶ約二〇〇人の子どもたち。その笑顔に、国境はなかった。

児童劇は大成功を収め、カシャは今後も継続したいと思っている。「劇場は夢の玉手箱。どの国であろうと、子どもたちの夢を育んであげたい。子どもはみな、幸せに育つ権利がある」

記念切手で資金調達

とてもユニークな方法でウクライナ支援のための資金集めをしている人がいる。

ウカシュ・ヴァントゥフ、四五歳。クラクフ市議会の無所属議員で、日ごろから議員活動を精力的に行っている。プライベートでは二人の男の子の父親だ。

両親は第二次大戦後に生まれ、戦争経験者の祖父母たちはとうの昔に亡くなった。欧州の戦争は過去のものであり、二〇世紀の負の遺産だと思っていた。

ところがロシアによるウクライナ侵攻が勃発。驚愕《きょうがく》の次に怒りがこみ上げた。「そんなこと、この現代にありえない」

その日から数日以内には人道支援をスタートさせた。物資を集め、ウクライナの各地に届ける活動を始めた。はじめのうちの人道支援はキーウ以西だったが、次第に東部の激戦地へ行くようになった。飢えた子どもたちを見るのがつらかった。一人でも多くの子どもたちに食べ物を届けたい。継続的な資金集めを模索した。

自身でデザインしたゼレンスキー大統領の切手を持つウカシュ

ある日、ウカシュはインターネットで興味深いニュースを読んだ。キーウ郵便局が、黒海で沈みゆくロシア軍艦を眺める兵士を描いた記念切手を発行し、買い求める人の行列ができているという。

ふとアイデアが浮かんだ。その記念切手を一〇〇シート入手し、ポーランドで競売にかけた。すると、わずか二日間で一万ズロチ（約三五万円）以上の資金を集めることができた。

この経験で、ウカシュはポーランド国内で記念切手を作って売ることを思いついた。ポーランドの郵便局では、個人の希望で「私の切手」と呼ばれる記念切手を発行できる。流通はできないが、お金を支払って公式のオリジナル切手が作れることで人気だ。その制度を利用し、切手を販売することにした。

クラクフ市内の建物に描かれたウクライナのゼレンスキー大統領の壁画をモチーフに、九枚一組で一〇〇シートの記念切手を用意。購入を呼び掛けたところ、希望者が殺到した。ウクライナの郵便局もSNSで紹介してくれた。

ウカシュは切手の一枚をハガキに貼り付け、ワルシャワのロシア大使館に送った。ささやかな意思表示だ（ウカシュの人道支援については第3章で詳しく紹介する）。

語学教室を無料で開講

ポーランドの首都ワルシャワに、オホタという地区がある。そこには市役所や市内の各企業、市内の公立学校、幼稚園などと連携し、教育活動を展開している慈善団体「シャンサ」がある。ポーランド語で「機会、チャンス」という意味だ。ワルシャワ市内の大学で教育学を学んだインターン学生や高校生など、若者がボランティア登録している。欧州連合各国を中心に世界各国と活発に交流しながら、ワークショップや研修旅行など、さまざまなプロジェクトを運営してきた。

「シャンサ」が得意としているのは母子で参加するイベントやカルチャー教室の開催。現在は長年培ったノウハウを生かして、ウクライナ難民向けの無料のポーランド語教室を週末に開講している。

子ども向けと大人向けの二つのグループを並行して開催。「となりの部屋では、子どもたちが保育士さんやポーランド語の先生と遊びながら、楽しく勉強しています。お母さんたちは授業中に子どもの心配をして教室から出たりすることなく、安心してお子さんを預けて勉強に集中することができます」。

子どもコース担当のオレナは、ウクライナ中西部のジトーミル出身だ。祖父がポーランド人だったことが縁で二〇一四年からポーランドのワルシャワ大学に留学し、卒業後はポーランド国内の学校で助手として働いてきた。

子どもコースでポーランド語を教えるオレナ（左から２番目）と子どもたち（中央は子どもの母親）

大人コースで教えるクリスティナ（右）と生徒たち。クリスティナは長年外国人にポーランド語を教えてきたベテラン教師。「ポーランド語を外国語として教えられる専門家が必要です」

「戦争が始まったころ、ウクライナにいる両親や姉妹たちが心配で、電話をしては泣き、眠りに落ちる。その繰り返しだった」

学校や家など健やかな成長の場が破壊され、奪われ、逃れてきた子どもたちを見るたびに、戦争に対する憎しみと怒りがこみ上げる。「自分の国で何が起きているのか、子どもは小さくても全部わかっています。ですから、大人と友だちのように話したり、質問したり、相談したりする時間が必要です」。早くこの憎しみと怒りの連鎖が終わり、子どもたちが自分たちのやりたいことを自由に選んで生きていってほしいと、オレナは願っている。

子どもたちの「壁」

「シャンサ」は、ポーランド語講座に限らず、おもに青少年の子どもを対象とした幅広い支援を行っている。同団体理事長のマグダレーナ・シュロム氏（以下マグダ）に、支援活動の内容と難民の子どもたちが抱える問題について語ってもらった。

二月二四日の朝、ロシアのウクライナ侵攻が始まり、全世界にニュースが駆け巡ったとき、マグダのスマホの着信音が鳴った。電話の主はオホタ地区の区長で、こう切り出した。

「シャンサ」理事長のマグダ

「あのねマグダ、ウクライナを支援するために寄付金を集めたいんだ」

マグダはびっくりした。「そんな活動はいままでやったことがないし、方法を知らないから、私にはできません」と答えた。すると区長は笑って、こう続けた。

「方法がわからないなら、いまから活動しながら学べばいいいんだよ」

区長は当時から、ウクライナ難民の子どもたちがワルシャワになだれ込み、お金が必要になることがわかっていたのだ。区長の「活動しながら学べばいい」という一言のおかげで、マグダに強い覚悟ができた。「このように、戦争というものは、私たちに、そして世界中に課題を突き付けてきます。もともと普段の業務をこなすことで手一杯ですが、支援をする人は誰もが同じで、時間と労力をやりくりするものです。私もできる限りの力でやろうと思いました。そして実践しながら方法を学んでいきました」と、マグダは当時の決意を振り返る。

最初にやるべきことは、お金を集めることと、支援物資を集める場所を見つけることだった。多くの難民がお金も持たずに逃げてきており、食料の調達が喫緊の課題だった。マグダたちは、オホタ地区にあるすべての幼稚園と学校、施設、企業で募金活動を始め、チャリティーコンサートなどのイベントを開催。その結果、約二カ月半でオホタ地区の住民から一一万一〇〇〇ズロチ以上（二〇二三年一〇月現在、日本円で約三九〇万円）の寄付が集まった。住民から届けられた難民のための食料や衣類などを管理する倉庫も確保した。

「シャンサ」の活動領域はワルシャワにとどまらない。オホタ地区はウクライナ南西部の都市イバノ＝フランキウシクと教育プログラムのパートナーシップ協定を締結しており、同市に食料や衛生用品、衣類などをトラックに積んで届けている。

「シャンサ」がなぜこれほどまでウクライナの難民の母子を支援できているのか、それには理由がある。冒頭で紹介したように、「シャンサ」は子どもを取り巻く社会のあらゆる専門家と連携しながらプロジェクトを実施する集団だ。母子を取り巻く環境改善や子どもたちの健やかな成長を支援する企画や、子どもが秘めている無限の可能性を将来につなげるレクリエーション活動を行ってきた経験やノウハウが豊富に蓄積されているのである。

特に幼い子どもを持つ親たちのためのワークショップに力を入れてきた。「幼児にとって家庭生活で過ごす毎日は、人間形成の基盤である。子どもが大きな混乱や困難を感じることをできるだけ少なくし、周囲と調和しながら成長するためには、何よりも安心感、心の平穏、基本的な心理的・身体的欲求の保障が必要です」とマグダは強調する。「シャンサ」はこれまでの豊富な経験を生かして、ウクライナ難民の家族のために安全な環境をつくろうとしている。

物質的な問題は大人が解決すべきことで、ある程度可能だが、お金やものでは解決できない問題もある。それは難民の子どもたちが直面しているコミュニケーションの問題だ。「一番大切なことは、子どもたちがポーランドの社会と地域社会に溶け込むことなんです」

マグダはオホタ地区にある各小中学校を訪れたときのことをよく覚えている。教員や子どもたちと話し、ウクライナの子どもたちが地元の子どもたちと親しく交わり、調和しているかを確かめたかったのである。

しかし悲しい結論が導き出された。「ほとんどのウクライナの子どもたちが、ポーランドの子どもたちに溶け込めていませんでした」（この問題は本書後半でも登場する）

地元の子どもたちはウクライナ難民の子どもたちと友情を築くどころか、敵意さえ表す場合が多いという。マグダは、ポーランドの子どもたちがウクライナ難民に対して冷淡な態度をとる原因の一つとして、保護者や教育者にも問題点があると指摘する。

「難民の子どもたちがどれほど苦しみ、祖国からの知らせを待つことがどれほどつらく、親族や友人の安否の情報を待つことがどれほど困難か、ポーランドの子の保護者が子どもたちに説明していないように見えることもあります」

マグダたちは、オホタ地区のある学校で、決定的な出来事を目撃した。日本の小学校六年生から中学一年生にあたる一二～一三歳のクラスで、ウクライナの少年たちは、完全にグループから外れ、排除され、嫌われていた。授業の視察中、ポーランド人の生徒がウクライナの生徒たちに対して不平不満を言っていたのを聞いていた。「しかしこのような場合、本来ならすぐに対応するべきである学校側は、見て見ぬふりをしてそのまま隠蔽《いんぺい》してしまいました。ちょうど学年末でもうすぐ夏休みに入るので、学校としてはこの争いを大ごとにしたくなかったのかもしれません」

ウクライナの子どもたちが大量に編入した時期も影響していたという。「ポーランドの学校の春と夏は、子どもたちの環境の大きな変化には適さなかったのかもしれません。もし新年度が始まる秋であれば、ここまで雰囲気が悪くならなかったかもしれません」

マグダがこう語るのは、ポーランドの春から初夏は、卒業試験や入学試験を控えている時期だからである。日本同様、人生経験の少ない若者にとって大きなイベントだ。そんな彼らにとって大量のウクライナ人のクラス編入は、難しいタイミングだった。受験シーズン特有のピリピリした空気は日本でもおなじみだ。試験を控えた子どもたちは強い緊張やストレスで、自分よりよい成績をとった生徒への嫉妬や期待通りの結果が得られなかったときの自分自身へ向ける怒りや失望など、内向きの感情に支配されがちだ。

前章でも触れたが、ウクライナ難民の生徒たちは、編入最初の学期ではポーランド語での学科試験が免除されていた。また学校によって対応が異なるが、ウクライナの生徒については初学期の試験そのものを廃止したところもあり、その点においても、ポーランドの生徒は強い不満を持っていたという。マグダは次のように述べる。

「自分たちポーランド人はすべての学科に合格する必要があるのに、ウクライナの子どもは勉強しようがしまいが問題なく進級できる。こうした違いが互いの対立を生みだしたのです。もちろん、ウクライナの生徒たちはなにも悪くありません」

マグダによれば、ウクライナ侵攻からしばらくの間、スイミングプールや遊園地など学校以外の多くの場所でもウクライナ人は無料で入場できたが、ポーランドの若者は入場券を購入しなければならない。こうした違いもまた、若者の間の雰囲気を悪くさせてしまった。

二〇二三年秋、世界各国で大きな問題となっているのが、ウクライナの難民の子どもたちの教育環境だが、マグダは侵攻開始から二カ月足らずで、この問題が深刻化することを予見していた。

「とりあえず年度末までポーランドの学校に通うことができても、夏休みが終わって新年度の九月、難民の子ども全員がポーランドの学校に戻る見込みは、少ないかもしれません」

その後、マグダが心配していたことは的中した。ポーランドで避難生活を送る多くのウクライナ難民の子どもたちが、ポーランドの現地の学校に通わなくなり、ウクライナの学校の授業をオンラインで受けることを選択している。しかし、パソコンは人間ではない。パソコンが友情を築く相手にはならない。戦争が終わらないまま学校生活が終われば、彼らはポーランドで仕事を探す可能性もあるが、ポーランドの社会に溶け込めず、言語の問題を抱えたままでは、現地での就業は難しくなる。

子どもたちの間に広がる亀裂、そしてウクライナの子どもに襲いかかる教育と健全な成長の危機。

これらの諸問題を解決するために、ワルシャワ市とユニセフ、そして「シャンサ」が協働し、統合プログラムを実施した。資金はワルシャワ市とユニセフからの提供を受けた。

ウクライナとポーランドの青少年が一緒に自然のある場所へ行き、オリエンテーリングや食事の準備などの共同作業をするレクリエーションだ。「非日常の空間で新鮮な空気を吸い、よい成績の取り方や追試の心配を忘れるのが一番なんです」

このほか、毎週土曜に両国の若者たちが共同作業に取り組むワークショップを実施。一緒に互いの国の郷土料理を作り、アート作品を共同制作するほか、ワルシャワ市内のさまざまな施設へ出かける。

マグダの言葉からは「統合」という単語が多く出た。お互いが、理解不足のために緊張や抵抗感を持っていたが、それらを解消し、互いに安心した気持ちで同じ時間を刻むことを指している。「『シャンサ』の統合プログラムは、憎しみや対立を対話と協力に変えていくためのプロセスを考えて作られています」

ワルシャワで生活してワルシャワで育つ子どもたち。

ポーランドの子どももウクライナの子どもも、ほかの国の子どもも、ワルシャワで生きてワルシャワで成長するすべての子どもにとって、ワルシャワは故郷になるだろう。故郷での子ども時代には出身国に関係なく、喜びや楽しみなどの感情を互いに共有しながら生きる、そんな体験が必要だとマグダは強調する。

「今後も両者の前に立ちはだかる壁を壊し、互いを尊重しながら統合できるようなプログラムを実践していきます。調和のとれた平和な世界を築くのは、いま私たちの目の前にいる、大切な子どもたちです」

第3章　ウクライナ国内へ

子どもたちにお菓子を配るウカシュ（2022年9月、リビウ）

ウクライナの国土は東西に広い。ロシアとの国境に接しているのは、東北から南東にかけた地域だ。首都キーウよりも東側は、ロシアによる攻撃を受けている場所が多い。

二〇二二年二月二四日以降、これらの地域にはロシア軍が攻め込んできた。市街地が戦場と化し、多くの住民が命を落とした。

東へ近づけば近づくほど、戦闘に巻き込まれ、命を失った住民も多い。最前線の街は焼け野原で、電気やガスも途絶えた地域に暮らす住民もいる。また、黒海に面する南側もロシア南部や二〇一四年にロシアが一方的に併合したクリミアに近いため、ロシアの攻撃を受ける確率は高い。

当然、東に住む人と西に住む人とは危険の度合いも違うが、同時に危険に対する意識も異なる。東に住んでいた人は、西を目指せば安全だと思う人も多い。キーウよりも西側の地域には、東側から逃れてきた避難民が多数生活している。

しかし、ロシアによるウクライナ侵攻においては、東部で地上戦が行われる一方、ロシアはその他のウクライナ全土を標的に、ドローンやミサイルを使った「空からの攻撃」を行っている。そのため、西部に住む人も、「ウクライナにいる限り安全はない」と思い、西欧諸国をはじめとする外国へ逃げ、難民となるケースは少なくない。

ただ、全員が逃げているわけではない。たとえ戦闘が激しい前線でも、逃げられずに（あるいはほかの場所に行くことに抵抗を感じて）生活を続ける住民がいる。その多くは住居を失い、寝具や冬期の防寒具も欠いており、大きな支援を必要としている。

ポーランド最大の人道支援グループ

前章で、ウクライナに関する記念切手を印刷して販売するというユニークな方法で資金調達をしている人物を紹介した。

クラクフ市議のウカシュ・ヴァントゥフ。ウクライナ侵攻開始の直後から人道支援を始めた。三月、一緒に活動する仲間を見つけ、ＳＮＳのメッセンジャー機能を使い、現在のグループチャットを立ち上げた。当初のメンバーは五人。落ち合う時間や輸送ルートなどの連絡手段で使っていたが、ウカシュの献身的なウクライナ支援に共感して参加を希望する人は増え、二〇二三年秋現在、メンバーは一〇〇人を超えた。

一〇〇人のメンバーのほとんどがポーランド人でクラクフを中心とする南部在住だが、ワルシャワに拠点を置くジャーナリストが若干おり、米英から資金を出す人も参加している。最も多い世代は五〇歳代で、時間と金銭に若干の（決してたくさんではない）余裕がある経営者が多いが、もちろん勤め人もいる。ウクライナ在住の活動家も何人かいる。

活動の頻度や範囲はさまざまだ。独自の慈善団体をつくり、ポーランドだけでなく欧州全域で大勢の難民を保護しながら自前の大型トラックで力強く輸送を続ける人もあれば、単独で動き、少人数（二～三人）で激戦地へ荷物を輸送することを好む人もいる。

ウカシュも慈悲深い人柄だが、周りを固める仲間たちもまた、ウカシュに負けずとも劣らぬ強い正義感、高い危機管理能力と卓越した行動力を持つ人々だ。ウカシュ以上に危険な激戦地に通い続ける人もいる。前線で戦う軍隊の求めに応じて発電機や泥土に強い四輪駆動の車、ドローンなどを届ける人もいる。現地で飼い主がいなくなり、野犬化した犬を引き取った人もいる。ある個人事業を営む仲間は、自分の商売用の自動車を全部寄付した。例を挙げればきりがない。彼らの支えがなければ、ウカシュのこれまでの数々の大きなアクションは実現しなかっただろう。

筆者は二〇二二年九月以降、ウカシュの人道支援に同行するようになり、たびたびウクライナに入るようになった。本章では、ウカシュの支援活動の様子や目撃したことを紹介する。

歯磨き粉を食べる女の子

ウカシュに出会ったのは二〇二二年八月三一日。前章で述べたように、ユニークな方法で支援資金を集めている話を聞きに行ったのだった。

和やかな雰囲気で取材が終わり、帰ろうとすると「ちょうどあす九月一日、リビウへ人道支援に行きますが、一緒にいかがですか?」と誘われ、これ幸いと同行することにした。

筆者は戦況の報道や前線の取材にはまったく関心がないが、危険を冒して助ける人と、助けを求めている人との間に生まれる心の通い合いを日本の人々に伝えたいという、ただそれだけの思いで取材を続けてきたし、そのためにウクライナにはぜひ行きたいと願ってきた。

ウカシュとウクライナ東部・イジュームの人々、人道支援の仲間たち

九月一日の朝六時、支援物資を保管している倉庫前で待っていると、ウカシュが大きなバンに乗って現れた。輸送車には約一〇〇家族分の当面の食料や生活雑貨が積み込まれていた。見れば、後部座席と荷室に物資が天井に届くほど詰め込まれ、その重さで車体が沈み込み、タイヤに接触しそうだった。

高速道路で三時間ほど東に進むとウクライナとの国境に着き、ゲートを通過したとたん、世界の「色」がガラリと変わった気がした。リビウの市街地に着くと、多くの建造物の脇に土嚢《どのう》が積まれていた。兵士の姿を至る所で見かけ、戦闘服を着ている女性の兵士も多かった。

リビウ中心部のストライスキー公園には、多くの人々がウカシュの到着を待っていた。ウクライナの東部や南部などの激戦区からリビウに逃れた国内避難民たちだ。リビウ市役所の担当者がウカシュと連絡を取り合い、もらえる人ともらえない人との間で混乱が起きないよう、配布を希望する難民のリストを作成していた。ボランティアでやってきたアメリカ人も三人いた。物資の配布を手伝ってくれる。

ウカシュが姿を見せると、待っていた全員が笑顔と拍手で迎えた。輸送車の前で物資を受け取ると口々にお礼を言い、記念写真を撮っていた。

支援はこれでおしまいではなかった。昼食後、ウカシュは空になった輸送車に乗り、リビウ市内の大きなスーパー「メトロ」へ向かった。次の人道支援の準備をしているのだ。このときに買ったものは食器用の洗剤や洗濯洗剤など保存が利く衛生用品。最後に、ボランティアのアメリカ人が寄付してくれたお金で菓子類を購入した。再び輸送車を物資でいっぱいにすると、郊外の住宅団地へ向かった。「団地の敷地内には仮設住宅が建てられ数百人の難民が生活しており、定期的に訪問しています」という。

ウカシュが到着すると、すでに五〇人を超える難民の子どもたちが待っていた。ウカシュが「こんにちは！　みんなにお菓子とジュースをあげるよ！」と声をかけると、子どもたちは礼儀正しく一列に並んだ。

コーラとポテトチップス、ジュース、板チョコを渡されると、ていねいに「ありがとう」とお礼を言う。その様子を見ていた大人が何人か、「私にもくれ」と子どもたちの間に割って入った。ウカシュは「これは子どもたちのものです。ここにいる子どもたち全員がお菓子を受け取り、余ったら差し上げます」と制した。

一列に並んでお菓子の配布を待つ難民の子どもたち

配布が終わり、時刻は夕方五時。ボランティアたちは駅やホテルなどそれぞれ行き先が違うので、彼らを車に乗せ、目的地まで送り届けることになった。その途中、中心部の市場付近を通過しようとすると、道ばたで花束や果物を売る女性が何人かいた。ウカシュは急いで路肩にバンを停めると走り寄り、財布を取り出すと、バケツ一杯分のウメの実（こちらのウメの実は大きくて甘く、果物として食べられている）と、売れ残っていた花束を全部買った。女性たちは驚き、ウカシュに何度もお礼を述べていた。

ウカシュはウクライナへ人道支援に出かける際、現地の作家が描いた絵画など、現地で見かけたものを購入し、持ち帰っている。絵画などは一〇〇〇円くらいからオークションを開く。一般の人々に購入してもらったお金で、活動資金の一部を賄ってきた。

リビウの市街地は坂が多く、細い路地が網の目のように張り巡らされている。何度か道に迷いながら無事に主要道路にたどり着き、ポーランドの国境へ向かった。

帰り道で「いつも子どもたちにお菓子をあげているのですか」と尋ねると、ウカシュはこう話し始めた。

「四月、首都キーウ北部のまち、ブチャを訪問しました。報道で知られているように、大虐殺が行われた場所です。ロシア軍が去った直後に入りました。生き残った人々に物資を渡したのですが、小さな女の子が、物資の中に入れていた歯磨き粉をその場で開けて食べ始めたのです。それを見ていた私は、とても悲しかった」

そのとき、その子がすぐに食べられるお菓子を持っていなかったことを、ウカシュはひどく悔やんでいた。以来、ウクライナ訪問では必ず、子どもたちにお菓子を届けることにしているという。

クラクフに帰着して時計を見ると、日付が変わる二分前だった。長い一日だった。ウカシュも市議としての仕事の合間を見つけて活動しているため、ウクライナ支援に使える時間が限られており、一分一秒が惜しい。ウカシュはその時間を最大限に使い、その日の自分の力が尽きるまで働いているように見えた。その印象は、その後一〇回以上同行した現在もまったく変わらない。

国連UNHCR（難民高等弁務官事務所）協会のホームページでは、難民、避難民の定義について次のように述べている。

「難民・国内避難民とは、迫害、戦争、暴力のために故郷から逃れることを余儀なくされた人々です。人権、宗教、国籍、政治的または特定の社会集団への参加を理由により迫害を受けています」

筆者はこれまで、難民と呼ばれる人は国外にいるものと思っていた。しかしそれは大きな誤りだった。戦争によってくらしを奪われた人は、国外も国内も関係なくすべて難民であることを、リビウで思い知った。

地雷、でも助けに行く

二〇二二年九月中旬、ウクライナ軍は、ロシアに占領されていたウクライナ北東部ハルキウ州の大部分を解放した。しかし、州の東部にある要衝イジュームでは新しい集団埋葬地が発見され、破壊された市街地の映像が世界を駆け巡った。

埋葬地で遺体が発掘される映像をニュース番組で見たウカシュは、その週のうちにイジュームに入ることを決めた。過去の経験から、激戦地は輸送路が途絶え、現地の住民たちが物資の不足と飢えで苦しんでいるに違いないからだ。

ＳＮＳでクラクフ市民に寄付を募った。「イジュームへ行きます。お年寄りと子どものおむつと保存食が緊急に必要です。物資を持ってきてください」

続いてオークションを始めた。ウカシュは一週間前、支援に訪れたチョルノービリの街角で画家が作品を売っていたのを見つけ、全作品を自費で買い上げていた。一つひとつの絵に買い手が値段をつけ、完売した。

また、ウクライナ国内の市場や個人商店などでは、キーウのクリチコ市長の運転免許証をコピーしたカードが売られており、お土産品として人気だ。ウカシュはこのカードも「売れる」と踏んで、数十枚を購入してきたが、これもクラクフで全部売れた。

ウカシュはイギリスとアメリカの慈善団体から支援を受けているが、ウカシュ個人ができるだけ頻繁にウクライナへ行き、困っている人に物資を渡したいと思っている。そのため自分自身でアイデアを生み出し、資金を調達する努力も続けている。

資金の目途がついたウカシュはさっそく、グループのチャットで計画を発表した。矢継ぎ早に指示が飛び交い、二台の輸送車のほか、ウクライナ側から要望を受けた物資を手配した。

当時、ハルキウの周辺地域は、地雷が至るところに埋め込まれていた。数日前、先に現地入りした仲間が立っていた場所の一メートル先で地雷が爆発したという（幸いにもその仲間の命は助かった）。

ウカシュの「今回行きたい人は誰?」という問いに、ある仲間がこう答えた。「もちろん、行くよ。たとえ、このウクライナ行きが人生最後の旅になろうとも」

もちろん誰も死ぬとは思っていないし、生きて帰ることが一番重要な目的だ。「命が惜しくないと思うなら、召集に応じ、戦闘に参加するだろうよ」と仲間の一人が言った。

「命が大切だから助けに行くんだ。俺たちはね、臆病者なの。絶対に死にたくないの。そして誰一人死んでほしくないの。だからこうして助けにいくのさ」

そういえば後日、別の人がウカシュに「君はウクライナの激戦地まで出かけ、とても勇気がある人間だが、ポーランドに攻めてきたら兵に志願するのか?」と聞いた。すると笑って「自分はとても臆病者だから、戦わないよ。すぐに逃げる。そして人を助けるよ」と答えていた。

解放されたばかりのイジューム行きの人員の一人に加えてほしいと筆者も手を挙げたが、ウカシュは「女性には危険すぎます。まず私が行って確かめてきます。次は連れていきますから、待っていてください」と告げた。

九月二二日、ウカシュたちが乗り込んだ輸送車はクラクフを出発した。

野草を食べて生き延びた

クラクフを出た二台の輸送車には、それぞれ約五〇〇キロの支援物資を搭載していた。一台の車を三人で交代しながら運転し、二四時間ノンストップで走り続けた。

リビウ、キーウを経てハルキウ州に入り、イジュームに一番近いルートの橋を渡ろうとしたが、壊されていたという。「目的地まで十数キロ先に迫っていたが、一時間かけて迂回《うかい》し、やっとの思いで集落にたどり着きました」。

イジュームにウカシュたちが到着すると、住民が現れた。イジューム付近には約二〇〇家族が残っていた。九割以上が逃げようにも逃げられない高齢者ばかりだった。ウカシュはある老婦人に「食べ物はあるのですか」と尋ねると「飢餓と戦いながら知恵で命をつないでいました」と答えたという。「森の中で食べられる野草やキノコを採取して料理を作って食べ、飢えを凌《しの》いでいました」

イジュームはロシアの侵攻以来、ガソリンや電気、ガス、水道、すべてのライフラインが途絶えていた。ロシア軍がインフラをことごとく破壊していったからだ。テレビ、オーブン、冷蔵庫、洗濯機などの家電製品は、ロシア兵が根こそぎ略奪していったという。車で逃げようにも、一般人には到底手が出ない値段でガソリンが闇取引されていた。

ウカシュとイジュームの住民のみなさん

住民たちは、ロシア兵が戻ってくるのではないかと恐れていた。ロシア兵の恐ろしさはミサイルや地雷だけではない。略奪やレイプ、暴力、殺人と、この世のあらゆる残虐な行為を尽くしていった。

ウカシュは生き延びた数人の子どもにお菓子を渡した。「心に広がる深い悲しみと怒りの中にも、お菓子に喜ぶ子どもたちの姿から、希望の光を見た」と話している。

多岐にわたる支援物資

グループには、自主的に支援活動をしているポーランドやウクライナの活動家のほか、英米の篤志家も加わり、一〇〇人以上のネットワークがある。

ハルキウのスーパーで支援物資の買い物をするウカシュ

活動はウクライナに物資を運ぶだけではない。輸送準備に関するやりとりに多くの時間を費やしている。グループチャットでは、早朝から真夜中まで休みなくやり取りが行われる。

「傷病兵が二人、ポーランドに入りたい。あす、前線から連れて来られる人は？」「来週ウクライナに入るので、荷物を送る人は連絡して」「近所の商店がバナナ八〇房とパン三〇〇食くださった。難民の人々に受け取るよう、声をかけて」「タブレットを二台求めています。メモリーは最低二五六ギガが必要で予算は一〇〇〇ズロチ以内」「前線の村の人々が家を失ってしまったのでベッドを一〇台送ってください」などなど、多岐にわたる。まるで、グループチャットの中が戦場のようだ。

人道支援では、運ぶものは多岐にわたる。支援物資だけではなく、外国に逃れた難民が現地の家族に届ける小包も預かり、ウクライナ国内の郵便局に委託する。輸送車には物資がすき間なく詰め込まれているため、荷物を入れた段ボール箱をボランティアの膝に乗せて運ぶ。

キーウから先の戦地の近くまで行く場合は、前線付近でボランティア活動をしているポーランド人やウクライナ軍の求めに応じて届ける物資も混じる。発電機や携帯用リュック、医薬品、仮眠用のエアーマットレス、ろうそく、肉や魚、果物の缶詰などだ。冬はあらゆる防寒具と体を温める紅茶、使い捨てのカイロが重宝がられたが、日本に比べて高価で、二〇二二年には手に入りにくかった。

一般家庭には、慈善団体などからの寄付で生活物資を購入する。コメ、小麦粉、ソバの実、パスタ、缶詰など保存が利く食料のほか、衛生用品も買う。現地で戦闘が長く続くと、シャンプーや歯磨き粉が尽きる。赤ちゃんやお年寄り用の紙おむつ、女性の生理用品も足りない。日本の慈善団体からの寄付で、子ども用の医薬品を購入したこともある。

出発前日まではポーランドで一番安いスーパーで買い物をし、荷造りをする。ウクライナの現地で人道支援を行い、バンの中が空になると、都市部のスーパーに行く。再度物資を購入し、別の場所に向かう。

売り場では目を光らせ、一番安い商品を探す。できるだけ多くの人に届けられるように、少しでも安くてたくさん入っているものを見つける。本日の特売で、レモンなど数日程度の保存がきく果実があれば、売り場に並ぶ全商品をカートに入れる。ロシアの攻撃が激しい場所は、特に生鮮食品が手に入りにくい。

鉄則は「必ず生還する」

キーウよりもロシア寄りの地域は、安全のために単独行動を避け、ウカシュが計画する人道支援の参加者が増える傾向がある。数台のバンで車列を組むこともあり、夜通し走り続ける。数時間ごとにガソリンスタンドでトイレ休憩をとる。ウクライナは燃料が不足しているため、軽油をポリタンクに入れ、ポーランドからウクライナへ持ち込むことが多い。

コーヒーで眠気を覚まし、給油を済ませると、あわただしくバンに乗り込み、先へ進む。道中は宿泊をしない。

なぜか。人道支援の鉄則が「必ず生きて帰る」だからだ。滞在時間が長くなればなるほど、ミサイルやドローンなどの攻撃に遭遇する可能性が高くなる。実際、これまで現地で取材中のジャーナリストが何人も命を落としたり、個人のボランティアがロシアの攻撃を受けたりして、亡くなった例もある。夫妻で活動中に攻撃に遭い生還したものの、両足を失った女性もいる。

ウカシュは計画を立てる前に広く意見を求め、綿密な検討を行う。戦闘地に近い場所や、初めての場所へ行く場合は、安全確保のために現地でガイドを引き受けてくれる人を探す。特に危険と思われる地域に行く場合は、安全確保のためにウクライナ軍に同行してもらうことが多い。万が一、ロシア軍に拘束されることもあり得る。それは最悪の事態だが、それに備え、政府発行の書類を取り寄せていたこともある。危険を伴うからこそ、準備を怠らない。この用意周到で慎重な行動が、仲間たちがウカシュに全幅の信頼を寄せている理由である。

クラクフからウクライナのリビウとの往復距離は八〇〇キロ、キーウ往復は一五〇〇キロ、ハルキウ往復は三〇〇〇キロだ。さらにその先へ向かい、四〇〇〇キロの往復をしたこともある。遠くなればなるほど体の負担が大きい。

それでもできるだけ遠くへ向かう。飢えと物資不足で苦しみ、支援を必要としている人々がいるからだ。

ポーランドのガソリンスタンドで軽油をポリタンクに入れる仲間のピョトレク

死んだ街

二〇二二年九月二二日、ウカシュたちがイジュームへ人道支援に行って九日後の一〇月一日、筆者はイジュームへ行くことになった。ウカシュは約束を守ってくれた。

三台の輸送車には四〇〇家族分の食料や衛生用品のほか、各自が現地で着用するヘルメットと防弾チョッキ、ウクライナ軍に届ける食料や簡易寝具などを詰め込んでいた。また、ウクライナの東方はガソリンスタンドがロシア軍に破壊されており、給油ができない。そのため、軽油を入れたポリタンクも大量に搭載していた。

一つの車両に三～四人が乗り、数時間ごとに運転を交代する。車列は休みなく進んでウクライナに入り、キーウを通過。次第に街灯が消え、視界が真っ暗になった。灯火管制のため夜間外出は禁止されており、一般車両も消えた。その代わりに速度を上げた軍用車が走り去る姿を見るようになった。

休憩で車から降りると、夜空には満天の星がまたたいている。二〇一一年三月一一日、東日本大震災が起きた日、停電していた栃木県の自宅の庭で見た夜空と同じだった。

やがて空が明るくなるころ、ハルキウ州に入った。外の風景に目を凝らすと植物がどす黒い。運転していた仲間のピョトレクが「ロシア軍がヒマワリ畑を焼き尽くしたんだろう」と言った。

クピャンスク中心部の交差点

州都ハルキウに迫るころには、路上のいたるところにバリケードが築かれ、ジグザグ走行せざるをえなくなる。中心市街地に入ると、壁や窓が破壊されている建物が多く目につくようになった。ロシア軍に見られぬよう、道案内の看板がことごとく引き剝《は》がされていた。恐怖心が湧き上がってきた。

ハルキウ中央駅付近にあるガソリンスタンドで、三台の輸送車が集合した。全員ほとんど徹夜だ。併設しているコンビニエンスストアであわただしく朝食をとると、市内にあるスーパーマーケット「ATB《アーテーベー》」で住民に届ける食料品、シャンプーやせっけんなどの衛生用品を購入。空いている駐車スペースで、スーパーのレジ袋を使い（有料だがとても丈夫で、運搬に重宝している）、約一〇〇世帯分の「支援物資セット」の梱包作業を仲間全員で行った。

作業の合間、ふと周囲を見渡すと、足早に歩く通勤者の姿を多く見かけた。スーパーから五〇メートル離れたところで、中年の男性が「けさ釣ったばかり」という大ぶりのコイやマスを並べて売っていた。車体が赤と白に塗られた二両編成の小さな市電も運行していた。戦火の中でも街には人々の営みが続いていた。

さらに一二〇キロ東方のクピャンスクを目指した。前線から一五キロ、ロシアの国境から四〇キロに位置する。

ハルキウから数十キロ進んだところで停車。数人のウクライナ軍兵士と合流した。これより先は非常に危険であり、道案内と護衛をしてくれるという。人道支援の仲間全員に、防弾チョッキとヘルメットの着用が義務付けられた。

停車した道路の両側の地面は、要塞と塹壕《ざんごう》で盛り上がっていた。路肩には赤地に白いどくろの標識が多数あり、ロシアが埋めていった地雷の存在を知らせていた。道路の脇に一歩でも足を踏み出すことは禁じられた。道中に見かけるガソリンスタンドはほぼ全部黒焦げで、ロシア軍が破壊したという。

クピャンスクの市街地に入った。線路はずたずたに寸断され、商店街は黒焦げ。横転した自動車が交差点の真ん中に放置されていた。

むごたらしく破壊された街には色がなく、がれきの灰色と爆発跡の黒が強烈に脳裏に焼き付いた。

死んだ街だった。

「食べ物を置いていって」

クピャンスクで、孤立した住民がいるという団地の前にたどり着いたが、人の気配がない。一行が車のクラクションを鳴らすと人が数人現れ、やがて一〇〇人ほどの住民が団地から出てきた。どの人も表情がこわばり怯《おび》えていた。ロシア軍がいつ戻ってくるのか、不安でたまらなかったのだろうと思う。

クピャンスクで住民に支援物資を渡す

クピャンスクの住民はガスも電気も水道も失いながら、息をひそめて生き延びていた。頭髪は乱れ、服も清潔とはいいがたかった。

物資を受け取った人たちの多くが両目を大きく開き、両手を伸ばして近づいてきた。

「もう大丈夫」と声をかけると、声を震わせて「ありがとう」と言い、泣き出した。

物資の配布を終えたが余っているので、予定していなかった団地に出向いた。ところが話を聞きつけた住民が予想以上に集まっていた。配布できる物資が四〇に対し、住民の数は約二〇〇。われ先に物資を受け取ろうと、人々は輸送車を取り囲んだ。必死の形相で車内の人々を見つめている。

一行は物資の配布を断念した。受け取れない人がどのような行動に出るかわからないからだ。一度開けたバックドアを閉め、クラクションを鳴らしながらエンジンをかけた。

「行かないで」「食べ物を置いていって」。降り出した雨の中、住民が車の窓を叩きながら叫ぶ。

一団は押し黙ったまま走り去った。その後、車中で誰かのすすり泣く声が聞こえた。

さらに五〇〇メートルほど走ると、同乗している仲間の一人が「車を止めてほしい」という。停車するとその人は下車するなり吐いた。その後一人で立てなくなり、ウカシュに支えられた。

体調が悪くなった仲間を心配そうに見ていた、もう一人の仲間も突然気分が悪くなり、腹痛も起こした。心配したウカシュたちは、急いでハルキウに戻り、二人を市内の病院へ運んだ。時刻は午後五時になろうとしていた。

夜になり、二人の気分はよくなったが、医師が「大事をとって、最低でも今夜は病院にいてください。明日もう一度検査して、本当に回復しているかどうか確かめましょう」という。二人は病院に留まることになり、これより先の人道支援を断念した。

二人は翌日以降、ハルキウからキーウ方面へ運行する列車でポーランドに戻ることになった。翌日夜、ホテルに戻った本人たちから聞いた話だが、病院には傷ついたロシア兵捕虜が複数人いたという。

残りのメンバーは予定通り、ハルキウ市内のホテルに一泊し、明朝八時にイジュームへ向かうことにした。

大虐殺の地イジュームへ

ウカシュたち人道支援の輸送団は、二週間前の九月中旬にウクライナ軍によって解放されたばかりの街、イジュームへ出発した。

なだらかな丘陵地を一本の車道がまっすぐに延びている。青い空と平原がどこまでも広がっている。ウクライナは広大で美しい。

しかし車道は戦闘の激しい爆撃で穴だらけだ。速度を落として慎重に進む。ロシア軍に破壊され、廃墟と化した集落が現れては消える。家々は尋常の姿ではなかった。黒く焼け焦げ、柱がむき出しで突っ立っている。ここで生活を営んでいた人々を思うと胸が苦しくなった。仮に逃げて無事であっても、戻って生活を再建することは困難だ。

何十キロも延々と同じ光景が繰り返される。焼け焦げた異様なにおいが鼻を突く。青空の下に浮

虐殺された住民の遺体が埋められていたというイジュームの森

かぶ雲が低く、不気味に黒い。同乗の仲間たちと、家々を焼き尽くして発生した雲ではないかと話し合った。

路上には、爆破されたロシア軍の戦車が放置されていた。ロシア軍が襲撃したとみられる自動車や路線バスもあり、どれも黒く焼け焦げていた。運転手や乗客はどうなったのか。

運転していたピョトレクが音楽を流し始めた。マイダン革命*で殺された息子の魂が、その死を悲しむ母に語りかける歌だ。みんなで歌い、みんなで泣いた。

イジュームに入ると、ウカシュたちの輸送車を誘導していたウクライナ軍の車が停車。促されるまま下車した一行は森に向かった。

森に入ると大きな穴が一面に広がり、穴の周りが掘り返された土で盛り上がっている。穴には虐殺された人が埋まっていた。男性や兵士だけでなく、女性も子どもも皆殺しに遭ったという。穴の先には新しい墓地ができ、花が手向けられていた。

＊二〇一四年二月、首都キーウで一般市民と国防軍との間に武力衝突が勃発。一〇〇人を超える死者が出て、当時の大統領はロシアへ逃亡した。

さらに危険な地域へも

輸送車はドネツク州へ入り、スラビャンスクで支援物資を配ると、再びイジュームに戻り、住宅団地で物資を渡した。すでに夕方。停電中で暗闇の中、自家発電で明かりがともる家が一軒だけある。「その家を訪ねてみよう」ということになった。

家の前に着き、ウカシュが下車して「こんばんは！　人道支援に来ました」と大声で呼びかけると、家の主が出てきて、快く応対してくれた。家の主は自宅地下に設けた隠し部屋へ通してくれた。地下室の壁には大きな包丁が掛けられていた。ロシア兵の襲撃に備えていたという。

ロシアの侵攻中、地下室には最大で六四人の住民が身を隠していたという。

世帯主の男性が、現在の住民に必要な物資を教えてくれた。「家を修繕する屋根と釘、カセットコンロ、防寒着と冬用の靴、子どものお菓子、インフルエンザの薬、鎮痛剤など」

孤児院の地下にあるシェルター

この人道支援から戻ってわずか数日後、ウクライナ全土でロシア軍の爆撃が始まった。主要都市の電源が喪失し、多くの人が殺された。

ウカシュは仲間が運営する財団法人やポーランド国内メディアの「ガゼタ・ヴェヴォルチャ」と、「光を届けるプロジェクト」を開始し、発電機やろうそくの確保に奔走した。年末にはリビウの精神科病院に約一トンの大型発電機を届けた。

このようにして、ウカシュと仲間たちは人道支援を続けてきた。筆者は行かなかったが、さらに危険なザポリージャやヘルソンにも入った。

一二月に入ると、リビウの精神科病院やテルノーピリの孤児院、難民が暮らす団地など

イルピンはキーウの北にあり、ロシアの侵入を阻むため橋を破壊した

を訪れ、冷蔵庫やガスレンジ、発電機、食料、そして子どもたちにクリスマスプレゼントを渡した。孤児院は東部から逃げてきた子どもたちが生活していた。訪問当時はちょうどお昼寝の時間で子どもたちには会えなかったが、地下のシェルターに案内してもらった。

カーペットが敷かれ、ベビーベッドが並んでいる。シェルターにあったタンスの扉を開くと、避難時用の紙オムツがすき間なく詰め込まれていた。真っ黒に汚れた断熱材が天井からだらりと垂れ下がっていて、おどろおどろしい。窓もない。最初、子どもたちはこわがって泣いたが、すぐに慣れたという。

ウクライナ侵攻からちょうど一年になる二〇二三年二月二四日の前日夜、ウカシュは「今回は特別な意味を持つ人道支援」と心得て、首都キーウに入った。路上で見かけた路線バスには、午後八時を過ぎても大勢の通勤客が乗っていた。翌朝は早く起きて、キーウ近郊のブチャとイルピンに向かった。ロシアがことごとく破壊した家々のある通りは人気がなく、時間が止まったままだった。ブチャの教会に支援物資を届け、追悼ミサに参列した。その教会の敷地には一年前の四月、ロシア軍に大量虐殺された住民の遺体を安置していた時期があり、日本の岸田文雄首相をはじめとする世界各国の要人が献花に訪れている。

ミサには生存者が集まり、礼拝堂には虐殺されて路上に放置されていた住人たちの写真が飾られていた。死者の魂を悼むミサ曲の旋律は悲しくもこの世のものとは思えない美しさで、その美しさが悲しみをいっそう深くさせた。

ミサのあと、ウカシュたちは四カ月ぶりにクピャンスクへ人道支援に行った。市街地には靴下や防寒具などを売る屋台が数軒並び、品物を探す兵士の姿が多く見られた。しかし女性が歩く姿はまれで、ときおり犬の散歩などで歩く姿があった。

四カ月前に行った団地に行き、クラクションを鳴らして輸送団の到着を知らせると、分厚い上着を着た住民が出てきた。見覚えのある住民が何人かいたが、初めて会ったときと一変し、表情が厳しかった。電気が使えないため、カセットコンロやランタン、蓄熱シート、毛布、厚手の防寒着などが、住民同士で奪い合いになった。独り占めしようとする姿も目立った。二ダースしかないハンドクリームを半分以上持ち去る人もいた。「ほかの人のためにに置いていってください」とお願いしても、物資を握りしめた手を開こうとしなかった。

戦争が人を変えたのだ。

二〇二三年夏以降、クピャンスクに、去ったはずのロシアが侵入し、再び戦場となった。住人のみなさんは無事だろうか。

広がる「心の交流」

ロシアの占領から解放されたばかりの場所は、生き残った住民が支援物資を待っている。だからウカシュたちは危険を顧みず、前線に近い市街地へ行くことを繰り返してきた。

しかし支援を続けていくうちに、前線付近には他の慈善団体や人道支援のボランティアが入っていることが多いことにも気づいた。

「報道されないような辺境の地が、支援の手からこぼれ落ちているのでは」。ウカシュはロシアやベラルーシとの国境沿いの人々を思った。ポーランドやハンガリーなどＥＵ諸国の国境に接している地域は比較的安全で、多くの人が避難しており、ＥＵとの行き来も活発だ。しかしロシアやベラルーシ国境のニュースは皆無に等しい。住民たちの物資が足りていないのではないかと心配になっ

イバンと家族のみなさん

た。

春の雪解けを待って、現地の住民に道案内を頼んで、ベラルーシの国境に接するザボロティヤに行く計画を立てた。現地の住民は、グループチャットのボランティア仲間が紹介してくれた。

出発日の二〇二三年四月二一日は、ポーランドもウクライナも穏やかな好天に恵まれた。寒さが厳しいウクライナ北部もようやく雪が解けた。木々には淡い緑の新緑が芽吹き、太陽に照らされ輝いていた。待ちわびた春が訪れていた。

日がとっぷり暮れ、ヴォルイーニ州のサルナの集落に入ると、住民のイバンが路上に出て待っていてくれた。イバンはウカシュたちを大きな家に案内し、「今晩はここで休息をとってください」と言った。以前は娘夫婦が住んでいたが、現在は国外へ行ったため、誰も住んでいないという。イバンは道案内を引き受けてくれただけでなく、支援物資の買い物や梱包も手伝ってくれた。

途中、ウクライナ軍の検問を何度も抜け、次第に車の姿が減る。代わりに馬車が現れた。一般住宅には水洗トイレはなく、薪《まき》で暖を取る。一世紀前の風景が目の前にあった。ウカシュは運転しながら「ここはウクライナ最貧困の村だ」と言った。

ウカシュは、村の住民を見かけるたびに下車して近づき、笑顔であいさつしながら支援物資を渡すことを繰り返した。住民は突然の贈り物に驚き戸惑いながらお礼を言い、受け取っていた。

村の中心部に来ると、緑で覆われた地面に雪解けでできた小さな沼が点在し、絵画のように美しかった。イバンの知人男性で村の住人と会い、ベラルーシとの国境まで連れていってくれた。国境に沿って新しく掘られた塹壕《ざんごう》と両国の国境を示す棒が立っていた。ベラルーシ側を見ると、森が広がっていた。ウクライナ側は一般家庭の土地で、厩《うまや》があり、鶏が放し飼いされていた。案内してくれたイバンの知人男性の土地だった。

ベラルーシとの国境が示されている

知人男性が説明してくれた。「つい三週間前までは、この塹壕も国境の棒もなかったので、森の中を自由に行き来できました。ここではおいしいキノコも採れます。でもいまは足を踏み入れることすらできません」

ベラルーシとは戦争中ではないため、村は攻撃を受けていない。村の生活は一見穏やかに見えたが、日常生活が大きく変化した。戦争前はベラルーシ側の商店などで買い物もできたが、いまはそれもできない。自給自足の暮らしが身についている村だが、住民の手に入る物資は極めて限定的ということだった。

知人男性が自宅に招き、男性の妻が保存していた食材を使った昼食でもてなしてくれた。村を離れる前、物資を受け取った住民たちが集落の礼拝所にお礼を述べに集まっているから来てくださいと言われ、立ち寄った。

礼拝所に入ると、慎ましくも美しく身なりを整えた村の住民がおり、静かにウカシュたちを待っていた。道案内をしたイバンは、村人の前で話し始めた。

「この人たちはこんなに遠いところまで来てくれ、贈り物を届けてくれ……」。涙と嗚咽《おえつ》で声を詰まらせるイバンの言葉に、ウカシュの目にも涙がにじんでいた。

ポーランドに戻る前、イバンの家で夕食をごちそうになった。郷土料理のボルシチが美味で、イバンの年老いた母や子どもたちと楽しいひとときを過ごした。イバンの自宅敷地には犬とネコが合わせて一二頭暮らしていた。イバンの娘さんによると、「これらの動物はすべて、人間による虐待や、飼い主による放棄から保護した」という。人道支援の旅の間は厳しい表情が多いウカシュだが、この旅は現地の人々との交流に多く恵まれ、柔らかい笑顔を見せていた。

このときの人道支援以降、ウカシュの支援は形を少しずつ変え、現地の人との心の交流を広げるようになっていく。

新たな輸送方法を思いつく

そのころのウカシュは、これまでの人道支援の方法に限界を感じつつあったようだ。クラクフはポーランドの中でも最もウクライナにアクセスしやすい大都市だが、すでに触れたように、ウクライナ国内の人々に支援物資を届けるためには、一回の支援活動で往復二〇〇〇キロメートルから四〇〇〇キロメートルを移動することもしばしばだ。人道支援の参加者は自分の仕事を持っており、おもに週末を利用する。そのため、遅くとも日曜午後にはウクライナ国内を出なければならない。

特にウクライナ東部へ行く場合は、一台のバンに最低でも三人の運転手が必要で、戦時下の灯火管制で暗闇の悪路を交代しながら走り続け、物資を届けてきた。

この方法は参加者の身体的負担が大きい。仲間もウカシュ自身も疲労の限界だ。

頼まれごとも増えている。特にポーランドで生活する難民からは、ウクライナ行きのたびに「現地の家族に」と、荷物を託される。軽量の食料品から電子レンジや発電機まで、さまざまだ。

よい方法はないものか――。せめて、戦争が終わり難民や前線の人々の生活再建の目途が立つま

ウクライナに入ってすぐの場所にある郵便局で荷物を預ける

では、なんとしても人道支援を継続しなければならない。しかし継続するためには、ウカシュ自身をはじめとする参加ボランティアの身体的負担を軽減する必要もあった。

頭を悩ませていたウカシュだが、ある考えが思い浮かんだ。列車の利用だ。列車なら休息をとりながら移動できる。

具体的にはこうだ。最大限の荷物を載せてウクライナのリビウに入る。ウクライナに入って最初のまちにある郵便局に頼まれた荷物を預け、現地の支援仲間にも荷物を託す。リビウからは夜行列車で移動し、キーウやハリコフへ向かう。下車後は現地の知人にバンの手配を依頼。道中で物資を購入しながら目的地に向かう。

「ポーランドの人だけではなく、ウクライナの人々も一緒に活動する。成功すれば、協働という新しい形の人道支援になるだろう」

ウカシュの四一回目の人道支援は、列車利用に決まった。

ロシアとの国境の村へ

ウクライナとベラルーシとの国境に面した村を訪問して三週間後の二〇二三年五月一一日、ウカシュはロシアとの国境沿いの村へ行くことを計画し、列車による移動を試みた。ミサイル攻撃などの万一の列車事故に備え、バンも同行、キーウの鉄道駅で合流した。地元の活動家も道案内に同行、北東部のスーミ州へ向かった。

州都スーミでは、ウクライナ軍兵士のミコラが仲間とともに待っていた。ミコラたちは支援物資の運搬と買い物を手伝ってくれた。

ウカシュたちが訪れる予定の、ロシア国境沿いにあるミロピリャ村の住民の生活状

キーウ駅構内では、乗客のセキュリティコントロールが義務づけられている。戦時中であるためだ

子どもたちから手芸作品をプレゼントされたウカシュ

況について、ミコラは「すべてが足りません。食品も衛生用品も欠いています」と説明した。

翌朝はミコラの案内で、ミロピリャ村に向かった。途中、ロシアの侵入を警戒する国防軍の検問に出くわした。ミコラが身分証明書を見せながら通行の目的を伝えると、検問の兵士はウカシュたちに笑顔で「ありがとう」と言った。ミコラがいなければ、検問の通過は許されなかったかもしれない。そしてその先でさらに数カ所の検問を通過すると、ミロピリャ村に入った。川の対岸に見える建物は、ロシア領だった。

公民館では早朝にもかかわらず、大勢の住民が待っていた。日本の小中学生程度の子どもも十数人集まり、笑顔を見せながら荷降ろしを喜んで手伝ってくれた。

ミロピリャはこれまで何度もドローンやミサイルの攻撃を受けた。二〇二二年の春はロシア軍も侵攻、公民館は銃弾の穴だらけだ。

人道支援のお礼にと、小さなレストランでピロシキとコーヒーの朝食をふるまわれた。店の向かいは小学校で、窓ガラスや壁がロシアのミサイルで破壊されていた。

村の子どもの半分は疎開したが、残り半分はとどまり、生き延びてきた。幸いなことに、訪問当時は子どもの犠牲はなかった。

「しかし」と住民がつぶやいた。「この小さなレストランで働いていた女性の一人が犠牲になりました。ある日、この建物の中で自宅に電話をしたが、スマートフォンの電波が悪く、通話のために屋外に出ました。そのとき、ロシアのドローンが彼女を攻撃し、亡くなりました」

川の向こうに見える建物はロシア内に位置している

ウカシュは事前に、キーウの知人を通してミロピリャ村を管轄する郡役所に連絡をとり、「何日何時にどこへ行き、どこに支援物資を届けるのが、地元のみなさんにとって最もよいですか」と尋ねていた。そのおかげで、現地の人々があらかじめ訪問の日時を知り、現地の子どもたちと一緒に物資を運ぶ共同作業をしたり、役場の担当者と懇談して住民の詳しい被害状況を知ることもできた。この交流を通して、ウカシュは、いままで欠けていたものと、人道支援に必要なことを感じ取ったようだ。

「現地の人との交流は大切です。現地の住民の人々が、外国――特にウクライナの場合は将来的に加盟を目指している欧州連合――から来た人々がウクライナで起きていることに関心を持っていることや、西側諸国はウクライナとともにあるという連帯の気持ちを伝えることができます。苦境にある人が、自分たちを思っている人がいることを実感することは、とても必要です。心の交流は物質を届けることと同様かそれ以上に大切だと思うんです」

ただ単に荷物を届けるなら、小包で郵送するのが楽だ。だけどウカシュは郵送せずに、リスクが伴う長距離の旅を繰り返す。現地の人々に会うことができれば、たとえ限られた短い時間でも、心を通わせ、現地の理解を深めることができる。それは人道支援最大の長所だと思っている。

「半分ロシア」最果ての村

ミロピリャ村からスーミに戻ると、その次はスーミから北西へ四五キロ、ロシア国境から南へ一〇キロに位置する地方都市、ビロピリャへ向かった。ビロピリャ市役所に、住民のために用意した食料品と衛生用品の支援物資セットのほか、パソコンを届けることを、あらかじめ伝えていた。

市庁舎ではビロピリャ市長が待っていた。市長は数人の市民にも声をかけており、運搬を手伝ってくれた。作業中に空襲警報が轟《とどろ》いたが、誰も気にする様子がなく、作業は続けられた。

物資の運搬が終わると、市長はウカシュたちを市長室に招き、茶菓子をふるまった。市長は「このところ、スーミ州がロシアの爆撃を受けることが増え、ここも最近爆撃されました」と説明。現地へ案内してくれた。レンガ造りの建物が無残に破壊されていた。

市役所を出る際、時刻を確認したら、正午。予定よりも早い時間にミッションを終えた。これより先の予定はなく、ポーランドへの帰途に就くだけだ。

しかしウカシュがおもむろに口を開いた。「まだ時間がたっぷりある。どうだろう、予定を変更して、もっと北へ行かないか。ロシアの国境ギリギリまで迫ってみたくないか。せっかく、ここまで来たんだ」。ウカシュの目が輝いている。すばらしいアイデアを考えついたときの顔だ。

「行こう」「行くしかない」。仲間全員、即座に賛成した。そもそもこの仲間たちは、キーウよりさらに東でロシアに近いスーミ州の人道支援を志願した人々である。少しでも恐れがあれば、参加そのものを希望しなかっただろう。

ウカシュはミコラに地図を見せながら、いまからロシア国境を目指すにはどの街がいいか尋ね、ミコラはセレディナ＝ブダという名前を指し示した。地図をよく見ると、その場所だけがロシアに向かって少々突き出ている。約二〇〇キロメートルの道のりだ。ウカシュは「六～七時間もあれば往復できる」と踏んだ。

ミコラが現地の住人に連絡をとり、ウカシュたちを待つよう伝えてくれることになった。ウカシュはミコラに「一緒に行きませんか」と尋ねたがミコラは断り、一行はここでミコラと別れること

ロシアとの国境。乗っていた車から50メートルほど先にバリケードが築かれていた。その向こうはロシア。周辺は住宅地だ

になった。

ウカシュが仲間全員に声をかける。「いいか、みんな。これは冒険だ」


急きょ、セレディナ＝ブダへ向かうことになったウカシュたちは、住民に届ける支援物資の買い出しに出かけた。購入した物資を仕分けし、家族に渡す袋を五〇セット用意すると、いよいよ最果ての村、セレディナ・ブダを目指した。

スマホの道案内アプリに従い、行路を進んだが、ロシア軍によって橋が破壊されて川を渡れず、何度も遠回りをした。

やがて、バリケードに囲まれた検問所に着いた。ロシア国境が迫っていることからチェックが非常に厳しい。ここが事実上の最後の国境検問所で、その先はロシアとみなされていた。いまから行こうとしているセレディナ＝ブダは、そういう場所なのだ。

女性の兵士が端末で交信しながらデータベースを確認し、行き先や目的を尋ねる。約一時間の足止めののちに解放され、ようやく先へ進むことができた。

村の中心部に入ると、三〇～四〇代の女性の住民四人が待っており、ロシアとの国境を案内してくれた。

「あれが国境」と指さした先を見ると、乗っていたバンから五〇メートル先にバリケードが乱雑に築かれていた。住宅地のど真ん中で、家が並んでいるが、人気がない。異様な空気だった。

セレディナ＝ブダ中心部。地面がミサイルの破片でえぐれている

ロシア国境から中心部に戻ると、住人が二〇人ほど集まっており、文化会館で物資の運搬を手伝ってくれた。

初めのうち、住民は明らかに驚いていた。「こんなところまで、この人たちはなぜわざわざ来たんだろう」という疑念があからさまに表情に出ていた。しかしそれは最初の十数分だけで、その後は緊

セレディナ＝ブダの住民のみなさん。左端がウカシュ

張がほぐれたのか、屈託のない笑顔を見せるようになった。

物資を運び終えて帰ろうとすると、「こっちにおいで」と建物の一角に連れていかれた。すると、テーブルに住民が持ち寄った料理が並んでいた。瓶詰めの保存食や漬物、「サロ」と呼ばれる豚肉の脂の塩漬け、ウォッカや果実酒も並んでいる。

ささやかな、だけどにぎやかなパーティーが始まった。住民のみなさんにとって私たちは「まれびと」なのだった。ウカシュはサロのとりこになり、私は住民たちとウォッカを傾けた。人々は終始ほがらかに笑い、地元の話をしてくれた。「そこの団地、空き部屋がたくさんあって安いの。あなた、引っ越しておいで。ここで私たちと一緒に暮らそう」と言い、笑った。

住民は、「ウクライナ侵攻前まではロシアが生活圏で、買い物もロシアに行っていたし、交流も活発で、ロシアには親類や友人も多い」と言っていた。ポーランドへ戻る道中に聞いた仲間の話によれば、セレディナ＝ブダにはただの一度も人道支援が来たことがなく、ほかの地域に住むウクライナの人々も近づかないとのことだった。「半分ロシアのウクライナ人」と思われているからだという。

しかし中心部はロシアのミサイル攻撃を受け、文化会館の壁がはがれ、地面は破片が直撃してえぐれていた。セレディナ＝ブダはロシアではなく、ウクライナだからだ。

クラクフに戻ったウカシュは「ウクライナとロシア、どちらにルーツがあっても、同じ人間です。行って本当によかった。またあの人たちに会いに行き、物資を届けたいと思っています」と話している。

誰もが覚える感情

人道支援に行くまで、多くの人たちによる知恵やアイデア、ありとあらゆる善意が寄せられ、計画されている。買い物や輸送車の手配、書類の準備もある。これだけ多くの時間を準備に費やしても、現地で物資を渡す作業はたったの数十分だ。だが初めて出会った人間同士が心を通わせる瞬間は、感動的だ。

ウカシュたちの行動は、助けを必要としている人をどれだけ勇気づけ、悲しみや孤独、不安を和らげるか、想像に難くない。「ありがとう、ありがとう」と言いながら大声で泣く人の姿を、現地で何度も目にした。

そして、現地に行ったら誰もが覚える感情がある。それは、何の罪もない人々が多くのものを失った悲しみと痛みであり、戦争への憎しみであり、権力者による理不尽な暴力への怒りである。

二〇二三年一〇月一三日出発の人道支援は、ウカシュにとって通算五〇回目の記念すべき旅だった。ウクライナ・ハンガリー国境に近いヴィノフラディフに向かった。この一帯はハンガリーやルーマニアに接した場所で、気候が温暖。良質なワインの生産地として知られている。

数奇な運命をたどった街だ。もともとはセヴルシュという名前で、第一次世界大戦後から第二次世界大戦以前はチェコスロバキアの一部で、その後ハンガリーに併合。大戦中にウクライナに占領され、そのままウクライナの一部になった。店などの看板もウクライナ語とハンガリー語の両方で表示されている。

ヴィノフラディフはウクライナでは最も安全な場所の一つといっていい。そのため多くの難民が暮らしている。先日、北東部ハルキウの郵便局がロシア軍の攻撃で破壊され、多数の死傷者が出た際も、多くの難民が到着したという。

安全な場所でも、ウクライナ全土にロシアのミサイルを警告するアラームが発令されれば、子どもたちは学校に行けなくなり、オンラインの授業に切り替わる。そのため、子どもたちの学習にはパソコンが必要だ。ウカシュはクラクフのパソコン販売会社と交渉し、中古で修理済みのノートパソコン一〇〇台を格安で売ってもらい、ヴィノフラディフの避難民の子どもたちに届けた。パソコ

ノートパソコンを受け取った子どもたち

ンを受け取った子どもたちは大喜びで、うれしさのあまり、泣きだす子どもも何人かいた。ウカシュたちの支援に対する感謝の気持ちを込めて一生懸命練習したというダンスを披露してくれ、ヴィノフラディフの市会議員がウカシュと仲間たち一人ひとりに感謝状を手渡した。

仲間たちはウカシュに内緒で「どこかのタイミングで、人道支援五〇回の小さなお祝いをしよう」と話し合った。

ポーランドに戻る途中、夕食をとるために国境近くのレストランに立ち寄った。ウカシュがトイレから戻ってくると、人道支援仲間でウカシュと同じクラクフ市議のアンジェイがウカシュの肩をがしっとつかむと、こう始めた。

「まあ座れ、ウカシュ。いまからおれが話すことを聞け。君は根っからの善人だ。そりゃあね、ときどき突拍子もないアイデアを考えて困らせる

高速道路のパーキングエリアでノンアルコールのシャンパンを開けて祝うウカシュたち。時刻は午前２時だった

こともあるし、面倒くさいこともするよ。だけど君は本当にいいやつなんだ。だって五〇回もウクライナを助けに来たのだから。今回の大きな節目を迎えた君を、僕たち全員が心から尊敬している。ノンアルコールのシャンパンを用意したから、ポーランドの国境に入ったら、みんなで開けようじゃないか」

居合わせた八人の仲間たちが口々にありがとうと言い、拍手が湧いた。ウカシュの瞳には涙が浮かんでいた。

二〇二二年春以来、プライベートの大半を人道支援に捧げてきたウカシュ。私が初めて同行したとき、どうしてこんなに熱心に助けるのかと聞いたら、次の答えが返ってきた。

「ウクライナの人々は私たちポーランド人にとり、非常に近しい隣人です。助けを求める隣人を支えるのは当然。正直、疲れもたまっていますが、現地のみなさんが必要としている限り、支援を続けていきます。もちろん戦後も」

先日、もう一度同じ質問をぶつけ、この思いは変わっていないか尋ねた。

「はい。まったく変わっていません」

第4章　「戦争が終わったら」

クラクフに住むユリア。ウクライナ難民のニーナとナスティアがつくった花冠を頭にのせて

二〇二三年一二月現在、ロシアによるウクライナ攻撃は、一向に終わる気配がない。長期化に伴い、難民の人々の避難生活も長くなった。

ポーランドに逃れた難民の人々にとって、避難生活は非常事態の連携だ。緊張感や心配、不安から解放されることはない。私たちが普段、自分の家でくつろぐ状態とほぼ正反対と言っていい。

言語も同じだ。ポーランド語とウクライナ語は似ている。しかし発音やアクセント、単語に違いがあり、基礎から学ばなければ微細な意思の疎通は困難だ。文字も違う。ウクライナはキリル文字だが、ポーランドはローマ字であるため、役所など公的な機関での手続きも難儀する。郷土料理も似たところがあるものの、異なる。

お年寄りが国外へ行くことを許されているにもかかわらず、なかなか避難したがらないのは、こうした問題のせいもある。慣れ親しんだ場所を離れ、見知らぬ土地の新しいコミュニティーに身を置く苦労は、たとえ国内であっても並大抵のものではない。

難民の人々は志や目的があって来たのではない。人生の計画を余儀なく変更しなくてはならなくなった当事者で、観光旅行者ではない。生活を破壊されても命だけは守るために、やむにやまれず逃げてきた。戦争が終わらなくても、本当は帰りたくてたまらない人が少なくない。

避難生活が長引けば長引くほど、望郷の念は募る。一方でなんの落ち度もない人たちが戦争の餌食となって死んでいく。戦争が終わる気配がなく、将来の見通しが立たない。この状態が繰り返されれば、どんな人も希望を保つことが難しくなり、心が凍りついてしまいがちだ。

ウクライナ侵攻によって、特に取り返しのつかない影響を受けているのが、ウクライナの若者の運命だ。戦禍によって命を奪われる若者は後を絶たない。リビウ在住のある女性が二〇二三年一〇月、「最近は、働き盛りの男性が外を出歩かなくなった」と打ち明けた。

前線では戦闘が激化し、死者数が激増。召集令状で集めるだけでは、兵士の数が足りなくなっているという。「そのため、ウクライナ軍の当局が市街地で三〇歳代から四〇歳代の男性を見つけると、複数でその男性を取り囲んで身元を確認し、そのまま戦場へ連れて行ってしまう。そんな話を最近聞いた」。働き盛りの男性たちが当局による拘束と前線移送を恐れるあまり、社会活動を停止して自宅に引きこもっているというのだ。これも戦争による生活破壊の一つといえる。

本章では、戦争に翻弄《ほんろう》され人生が狂わされる人々の苦しい境遇や、長引く避難生活で生じた問題などを紹介する。同時に、あきらめずに前へ踏み出す若者やつらい体験を糧《かて》に人間的成長も遂げようとする青少年、そしてその周辺で難民の人々を支え続け、ともに生きる人々の奮闘ぶりを紹介する。

婚約者の弟の戦死

二〇二二年一一月初旬の夜九時。チェコのプラハからポーランドのプシェミシル駅行きの夜行列車に乗った。チェコからポーランドの国境に入るころ、外がうっすら明るくなってきた。クラクフから西に八〇キロの位置にあるカトヴィツェの中央駅で、ある家族がコンパートメントに入ってきた。

母親と若い女性、そして小さな男の子が二人。二人の男の子は五～六歳といったところだ。活発に動き回り、やんちゃなふるまいを見せては母を困らせている。母親はすぐに寝台に横臥《おうが》した。顔を壁側に向けており、コミュニケーションを拒絶している。かなり疲れているように見えた。若い女性がお母さんがわりに男の子の腕をつかみ、「こら！　静かにしなさい！」と叱っている。

ポーランド語で話しかけると、その女性がポーランド語で答えてくれた。「私たちは避難先のポーランド・ヤストシェンビェ＝ズドルイから、自宅のあるウクライナのハルキウへ向かっている最中です」

ちょうどその時期、ロシアによるミサイル爆撃が頻繁に起きていた。「今ハルキウに帰るのは危険では？」と尋ねると、女性は顔を曇らせた。「お葬式をするためです」

この母親には息子が四人いる。長男と次男は成人しており、ともにウクライナ兵として戦場にいた。一家に付き添い、母を休ませ、子どもたちの面倒をみている若い女性は、長男の婚約者のアリーナだった。

ロシアのウクライナ侵攻前、アリーナはこの母親の長男と婚約し、ハルキウで一緒に暮らしていた。アリーナは美容師とファッションデザイナーを目指しており、夢と人生は希望にあふれていた。しかしロシアによる軍事侵攻で「平和が終わり、すべての希望が奪われた」

長男は家族に避難を勧め、アリーナに付き添いを頼んだ。アリーナたちは二〇二二年三月中旬にポーランドへ避難した。ふたたび平和になったらハルキウへ帰るはずだった。しかし次男が戦死。最も悲しい結末を迎えて、ハルキウへ戻ることになってしまった。

葬儀を終えた後に、アリーナに話を聞く機会があった。婚約者の母親は、二人の小さな息子たちとポーランドの避難生活に戻ったが、アリーナはしばらくの間、ウクライナ

中央がアリーナ。撮影日は 2023 年 1 月 11 日

に留まっていた。

「ウクライナに戻ってきたら、街が変わり果てていた。毎日何時間も電気が使えず、水も出ないことがある。婚約者や私の両親が、命の危険にさらされている。私も逃げずに支えたい」

クリスマスと新年をアリーナは両親がいるザポリージャで過ごした。しかしお祝いの雰囲気はなかった。大晦日はロシアのミサイルがウクライナに襲いかかり、ザポリージャにも襲来した。悲しい新年だった。

「たくさんの人が隣国の攻撃で亡くなっていく。もういやです、こんなことは。平和がほしい。平和が」


ザポリージャにいるアリーナとメッセージをやりとりしていた二〇二三年の年明け当時、時折返信が途絶えた。ロシアの攻撃によるインフラ破壊で停電が続き、インターネットの接続もままならないとのことだった。

ロシアの攻撃が止んでいる合間、親しい友人と久しぶりに会うことができた。そのときに撮った写真を送ってくれ、次のメッセージが添えられていた。「いますぐにウクライナに平和が訪れ、家を離れているすべての人が自分の家に帰れるようになってほしい」

避難先でいじめに苦しむ子どもたち

難民の子どもたちは、避難先の学校に通う子どももいれば、オンラインでウクライナの学校の授業を受けている子どももいる。第2章の最後でマグダが指摘したように、難民の子どもがポーランドの子どもたちに心から受け入れられることはまれであり、大きな精神的負担を強いられている。次に紹介するブラディクは学校生活で困難に直面している。

ウクライナ中部の都市ポルタバに住んでいたエレナは二〇二二年六月、二人の息子と妹の家族を連れ、ポーランドのクラクフへ避難。幸いにもエレナは英語が堪能なことで、九月には難民向けの英語教師の仕事を得た。住まいも支援者からよい条件で提供してもらい、経済面は順調だ。しかし、母親として大きな悩みを抱えている。次男のブラディクがクラクフでの学校生活で日常的ないじめに遭い、深く傷ついているからだ。

数日前、ブラディクが歩く先に三人の男の子が待ち構えており、本人に向かって野菜や果物を次々に投げつけたという。ほかの生徒の保護者が目撃していた。

ブラディクの話によれば、年長の男子生徒たちが通りすがりにわざと肩や身体を強くぶつけてく

エレナ。ブラディクのお母さん

る。ブラディクはよろめき転んでしまうが、身体が大きく腕力の強い男子生徒たちに対して、何もできない。

取材した二〇二三年春の時点では、故郷ポルタバの学校はオンラインと対面の授業を二週間ずつ繰り返すハイブリッド授業を実施していた。ブラディクのような難民の子どもはウクライナの国外にいるため、対面授業には参加できず、授業の空白ができてしまう。したがって学校はオンラインへの完全転換は難しい。こうしたことから、ブラディクはポーランドの学校へ通わざるを得なかったのだ。

それだけではない。ブラディクは家族の中で誰よりも父親を慕っていたが、父親は前線へ出征。ブラディクの日常に最も親しい存在が消えた。二〇二二年八月、父親が休暇を取り、三日間だけ戦地から帰還。エレナとブラディクもポーランドから一時帰宅した。そのときの様子をエレナがスマホで録画しており、父親がブラディクの前に現れた瞬間の動画を見せてくれた。

ブラディクは父を見るなりベッドに倒れこんで泣き出し、それから起き上がり、泣きながら父を抱きしめていた。エレナの話によれば、二日後に父が再び戦場に戻るまでの間、ブラディクは父の手をつかんだまま離さなかったという。父の不在がブラディクにとってどれだけつらいかがよくわかるエピソードである。

戦争が始まる前、ブラディクは一一歳だったが、クラクフで一二歳を迎えた。クラスメートがいても親友のいない学校生活が続く。戦争終結の見通しは立っていない。

エレナは大きな美しい瞳を見開いて、こう訴えた。「それでもポーランドのみなさんには本当に感謝をしているんです。学校の先生や教育カウンセラーのみなさんも気遣ってくださっています。戦争が悪いのです」

心の問題に向き合う

クラクフの中心部に、ウクライナ難民のための精神療法センターがある。クラクフの慈善団体“Let's Together”が二〇二二年七月に開設した。ウクライナ人臨床心理士六人を含む合計一二人のスタッフで運営し、難民に無料の精神ケアを提供している。

利用者は毎週約一六〇人。内訳は女性が約五〇パーセント、子どもが四〇パーセント、男性が一〇パーセント。「最近は戦地からの復員で男性の利用者の割合が増えてきました」と、同センター管理責任者のアグニエシュカが説明する。

難民がセンターに報告した数多くの問題や困難の中でも、最も多いのがトラウマだ。* その原因として、「愛する人の喪失」（家族や近親者の死）や、長期にわたる避難生活との関連が挙げられる。避難前に生活していた場所が激戦地となり、地下のシェルターで生活した際のトラウマもある。拷問や性的暴力（ハルキウなど東部を中心にレイプを経験した女性が多数いる）によるトラウマもある。

症状として、パニック発作や不安、不眠症の問題を抱えている。「トラウマが生活に与える影響は計り知れません。自己肯定感の低下と無力感に苛《さいな》まれたり、自分の人生がコントロールできなくなったり、症状は人によってさまざまです。戦争が終わらないために避難生活という問題が解決できず、難民が抱えているトラウマは深刻化します。戦争は、年齢、性別に関係なく、すべての難民に精神的苦痛を与えているのです」。

子どもの場合は、悪夢を見たり、夜中に叫び声を上げて目覚めたり、おねしょや母親との分離不安などがよくみられる。同センター利用者の最年少は三歳だという。

一〇代の若者たちは、自殺願望、自傷行為、父親の喪失（別離または死）による絶望感や恐怖、仲間などに対する攻撃的な言動の発作などが報告されている。リストカットをする若者も増えているが、傷を隠すため、発見しにくい。

異なる文化と言語の中で避難生活を続ける難民の人々。戦争がもたらすトラウマに加え、慣れない土地での日常でも大きなストレスを抱えており、将来の人生設計も立てられない。

ポーランド中央統計局の発表によれば、ロシアによるウクライナ全面侵攻が始まってから二〇二二年六月三〇日までの期間、ポーランドの全世帯のうち七〇・二パーセントが、ウクライナに援助を提供した。最も多かった支援の形は物資の寄付で、援助を提供した世帯の約五分の四を占めた。金銭的援助（当事者に渡す、または組織に寄付）も多く、全世帯の約三分の二だった。

慈善団体「Let's Together」のみなさん

この調査結果から見えてくるものがある。すべてのポーランドの人々が難民の人々と継続的かつ積極的に関わりを維持しているとは限らないということだ。特に見逃してはならないのが、一度も支援をしたことがない「三割の世帯」。実際に関わりを持たないと、当事者が置かれた状況を正しく理解するのは難しい。アグニエシュカは「子どもの口から誹謗《ひぼう》中傷が出た場合、家庭や保護者から得た情報である可能性が高い」と分析する。

アグニエシュカは、「難民の子どもだけに目を向けるのでは解決しない」と強調する。「現地の子どもやその家族も、外国の人々が生活に加わったことで、戦争前とは異なる新しい環境で生きている。住民全員が、それぞれの家庭、学校、地域で適応していく必要があるのです」

適切なケアと支援を受け続けた結果、症状が改善した人の報告も多く受けているという。アグニエシュカによれば、家族の中にケアが必要な人がいる場合、当事者だけではなく家族全員でケアを受けると、回復が早いという。

「ここに来れば、現時点で最善の心の支援と援助を受けることができる。そういう役割を果たしていきたい」

＊トラウマとは、個人で対処できないほどの圧倒されるような体験によってもたらされる心の傷のこと。トラウマとなる体験（外傷体験）によってさまざまな心身の反応が起こる。トラウマとなる体験として、地震、津波、台風などの自然災害、虐待、犯罪、性暴力、交通事故などによるものがある。日々の生活でも、重い病気やけが、家族や友人の死、別離、いじめなどでもトラウマとなる場合がある。（参考・国立研究開発法人　科学技術振興機構ホームページ）

「本を開いたら、家のにおいがした」

ロシアがウクライナ侵攻を始めたとき、ダリンカは一二歳だった。それまでのダリンカは、ウクライナ南部のチョルノモルスクで両親と姉と楽しく暮らしていた。国内外から観光客が訪れるリゾート地で、浜辺が自宅のすぐそば。夏は毎日のように海水浴を楽しんだ。でもそれももう、かなり遠い過去のように感じるという。

ロシアが自分の国に攻撃を始めたので、両親はあわてダリンカと姉を車に乗せて、ウクライナを逃れた。当時、父は病身で手術が必要だった。手術を引き受けてくれる病院を探しながら避難先を転々とし、ホテルに泊まる日々だった。

ダリンカ

いきなり襲いかかった過酷な運命に、母はいつも泣いていた。本当はダリンカも戦争への怒りと生活を失った悲しみで泣きたかったが、取り乱す母の前ではできなかった。いまは自分がしっかりしなければと気丈にふるまった。家族の間を明るい雰囲気にしようと努め、母を励まし続けた。

やがて、ポルトガルで父の手術を引き受けてくれる病院が見つかり、家族で向かった。ダリンカは約一カ月間、ポルトガルの学校に通った。

父が退院し、一家はポーランドのクラクフへ引っ越した。父が健康になり母は平静を取り戻したが、ダリンカの心は悲鳴をあげていた。次第にダリンカは落ち込むようになっていった。将来の夢や目標が持てず、前向きになれない日が続いた。きょうの学校のテスト、あす提出の宿題、来週の発表の用意。目の前にある小さな課題を毎日やり遂げることで、どうにか学校生活を続けてきた。

ウクライナの自宅には、これまで慣れ親しんでいたすべてのものを置いてきた。家、海、学校、飼い猫。大好きな祖母もウクライナに残っている。

祖母に頼んで、置いてきた本を小包で送ってもらった。届いた本のページをめくると、なつかしい家のにおいがして、胸がいっぱいになる。

つい、心にしまっていた言葉が口をついて出た。「帰りたい」

しばらくの間、ダリンカは自分の胸の中に悲しみと怒りを閉じ込めていた。どうやって感情を出せばよいのかわからなかったし、誰にも相談できなかった。ずっとひとりで抱え込んでいた。

ウクライナ東部には、美しい森が広がっている。その森が戦場になり、毎日ミサイルなどで破壊されている。森が元の姿に戻るまで、何十年かかるのだろうと思うと、心がちぎれそうだ。博物館や歴史的建造物が壊され、文化財が盗まれているニュースもつらい。

一番悲しかったのは、身近な人の死の知らせだった。大好きだった数学の先生と、その後親しくしていた年長の友人が、ウクライナ国内でほぼ同時に亡くなってしまった。

抱え続けてきた悲しみがついに爆発し、ダリンカは数日間泣き続けた。いまも悲しみは消えることがない。でも思い切り泣いたことで、ため込んできた感情を外に出せたと、自分では思っている。その後ダリンカは、オリエンテーリングクラブに入った。地図とコンパスを頼りに、大好きな森を走り回る。クラクフでの生活で、一番楽しみにしている時間だ。

オリエンテーリングがない日は絵を描く。以前はどんな景色を見ても色彩がなく、モノクロに見えた。いまは色が見える。祖国の海と山の色も思い出せる。ダリンカは誕生日を二回迎え、一四歳になった。次の誕生日はウクライナの自分の家で迎えられるかどうかわからない。でもどこで暮らしていても、それが祖国ウクライナでなくても、自分自身の人生をしっかり歩んでいきたいと思っている。そのためには努力が必要だ。

「いま自分がいるのはポーランドなのだから、ポーランド語をしっかり習得し、クラクフのヤギェウォ大学で学ぶことを希望しています」と笑顔で語る。ポーランドに来てから猛勉強し、現在はポーランド語をほぼ完ぺきに話せるようになった。

最近、母がダリンカにこう言ってくれた。「ずっと私を支えてくれて、ありがとう」

三人でまた会える日まで

クラクフに住むユリアが、ウクライナの首都キーウから逃げてきたナスティアとニーナに出会ったのは約一年前。ロシアによるウクライナ侵攻が始まり、押し寄せる難民を支援していた父からの紹介だった。ナスティアとニーナは友人同士で、一緒にキーウを出てクラクフへ逃れた。当時、ナスティアは一九歳でニーナは一七歳。二〇代後半のユリアは、二人の「妹」ができたと考えた。

女子三人の生活が始まった。小さな居間に寝室があるだけの2DKのアパートだ。夜は寝室いっぱいに寝床を作って雑魚寝し、朝起きると全員で居間に移動。真ん中に置いた小さなちゃぶ台の上には三台のパソコンが置かれた。ユリアはオンラインで働いており、ナスティアとニーナはキーウの大学の授業を受けていた。

二人はユリアを助けてもくれた。飼い猫が病気になったとき、ナスティアが完璧な看護をしてくれ、猫は回復した。旅行に出かけるために二週間ほど家を空けた際も、二人が猫のお世話をしてくれた。

こんなこともあった。ユリアが体調を崩して寝込んでいた日、ナスティアとニーナが「薬局へ行く」と出ていったきり、何時間も戻ってこない。どこへ行ったのかと心配していたら、夕方になって二人が帰宅した。二人が笑顔でユリアに渡してくれたものは、一生懸命作った花の冠だった。

三人での共同生活が三カ月を過ぎたころ、スマホで連絡を取り合っていたナスティアの父の返信がとだえた。父が大好きなナスティアは心配と不安の中で父からの連絡を待ち続けた。しかし二週間後、父の死が確認された。

ナスティアの父は獣医だった。無料診療を行うこともあり、広く慕われていたという。やがてウクライナにロシアが侵攻したことを受けて、軍医として志願。最前線で救命活動に奔走していたところを、ロシア兵の銃撃に遭ってしまったという。

知らせを受けた日、ナスティアは終日、寝室に引きこもった。誰とも言葉を交わそうともしなかった。ユリアとニーナはただ黙って、彼女の泣き声を居間から壁越しに聞き続けた。

ナスティアは、父の葬儀に行かねばならなかった。悲しみに暮れるナスティアに代わり、ユリアがクラクフからキーウを往復する列車の乗車券購入を手伝ってあげた。

キーウでの葬儀を終えてクラクフへ戻ったナスティアは、ユリアとニーナにおみやげを買ってきてくれ、その後、間を置かずにイギリスへ発った。大学で獣医学を学ぶためだ。獣医だった父の後を継ぐつもりだという。

ニーナもほぼ同じ時期に旅立った。現在はリトアニアの大学で韓国語を学んでいる。

ユリアは一人の生活に戻ったが、三人で喜びも悲しみも共有した日々は、ユリアの心に深く刻み

右からニーナ、ナスティア、ユリア

込まれた。

二〇二二年末、クラクフのユリアのもとにナスティアとニーナが来た。それぞれの無事を確認し、励まし合い、別れた。きょうもそれぞれの場所で精一杯生きる。また三人で会える日まで……。

ユリアのもとに身を寄せ、数カ月間をともに過ごしたニーナにも話を聞いた。

ウクライナの首都キーウで、両親と兄、祖父母と暮らしていた。ニーナにとってロシアとの戦争は二〇一四年から続いている。*

二〇二二年二月にウクライナ全面侵攻が始まっても、ニーナはキーウから逃げるつもりはなかった。しかし、自宅付近で大きな砲撃があり、危険が迫ったため、友人のナスティアとポーランドのクラクフへ逃げた。

見知らぬ土地での避難生活だが、新しくできた友人たちが家族のように二人に接してくれた。特に自宅に招き入れてくれたユリアは、年長のお姉さんとしてよき相談相手になってくれ、さまざまなテーマについて話し合った。はじめのうちは英語で会話をしていたが、時が経つにつれてリラックスするようになり、それぞれの母語で話すようになったが、それでもだいたいのことがお互いにわかるようになった。

ニーナにも、三人で暮らした日々の中で最も大切にしている思い出がある。最前線で軍医として兵士の命を救っていたナスティアの父が殺されてしまったときのことだ。

そのときのユリアはナスティアの身に何が起きたのかを知らなかった。泣いていたことは知っており、常ならぬことが起きたことだけは察していたが、ナスティアには問いたださなかった。

ナスティアがキーウに発ったあと、ユリアが「何があったの」と尋ねてきた。ナスティアはすべて話すようニーナに頼んでいたので、そこでようやくユリアに事情を話すことになった。しかしニーナは涙がこみ上げて言葉が出ず、しゃくりあげるばかり。それを見ていたユリアも泣き始め、二人は一緒に泣きながら、互いを慰め合った。特別な時間だった。

ニーナはその後リトアニアの首都ビリニュスに移り、大学生活を始めた。「大学では英語と韓国語を研究しています。K－POPが大好きで、尊敬するアーティストをよりよく理解したい」

祖国に残っている家族が、電気や水を使えないときがあるという。それなのに自分だけが平和で安全な場所で心配なく勉強できる。このことを申し訳なく思う。

初めて過ごすビリニュスの冬は、寒さが格段に厳しい。「でも、春に向かうにつれて、日差しが強くなる季節が大好きです。元気が出てきます」

将来についてはまだわからないが、国際関係の分野で学位を取得し、その後、韓国でウクライナ大使館の職員として働くか、ジャーナリストになりたいと考えている。

＊二〇一三年一一月二一日、ＥＵ連合協定の調印を保留するというウクライナ政府の布告を受け、約二〇〇〇人の民衆が首都キーウ中心部の独立広場で抗議デモを繰り広げた。このとき、一般市民と国防軍との間に武力衝突が勃発。一〇〇人を超える死者を出た。親ロシア派のヴィクトル・ヤヌコーヴィチ大統領（当時）は、二〇一四年二月、ロシアへ逃亡した。

同年二月二三日、ロシアのプーチン大統領は「法と秩序、ウクライナのロシア系住民の保護のために軍隊を送る」と表明し、クリミア半島とドンバス地方に侵攻。一方的にクリミア半島をロシアに編入した。ニーナにとって、ロシアのウクライナ侵攻は、すでにこの日から始まっていた。

先生や友人が心の支え

ヴァネッサは二二歳。ロシアがウクライナへ全面侵攻を始めたとき、ヴァネッサは首都キーウの大学生だった。両親と大混雑の列車に乗り込み、キーウを脱出。一週間の旅を経て、ドイツのフランクフルトに逃れた。

ドイツで半年ほど避難生活を続けながら、大好きだった日本への留学を模索。「日本の文化にあこがれていたんです。もちろん、アニメも」。その後偶然、筑波大学がウクライナ出身の留学生を受け入れていることを知った。試験を受けて合格し、単身日本へ渡った。

ヴァネッサ（左）と担当教官の上條隆志・筑波大学教授。筑波大学構内にて

祖国を離れて一年半。当たり前だった日常風景を懐かしく思い出す。「ウクライナ料理、自宅の内壁、友人と散歩した時間。一番恋しいのはもちろん両親」

大学の学生寮では二人のウクライナ人学生と同室だ。「一人は私と同じキーウ出身で、もう一人はリビウ出身です。毎日それぞれが勉強で忙しく、ウクライナの話はめったにしません」

ヴァネッサのさみしさを埋めてくれるのは、大学の先生や友人たちだ。担当教官の上條隆志教授は、思いやりを持って接してくれる。「先生のもとで勉強できてうれしい。フィールドワークではいつも新しいものを見せてくださいます」。上條教授の引率で三宅島にも行き、生まれて初めて火山を見た。

一般教養の体育は、剣道と弓道の授業を選択。独特の居住まいが格好いい。「特に弓道が大好き。ずっと続けたいです」

放課後も積極的に活動。週に一度、日本語教室に通っている。日本語は難しいが、学ぶのは楽しい。

学内のダンスサークルにも入った。K－POPの音楽に合わせて体を動かす。「足をまっすぐ、腕を上げて」など、踊りながら日常会話も楽しく学べる。八〇人の大所帯で、友人もたくさんできた。大学が休みになると、寮で同室の三人で連れ立って日本文化を探しに旅をしている。「旅をするたびにあらたな発見があります。夏はつくば市の伝統的な盆踊りを、冬は長野で雪景色も見ました。季節や地域ごとに豊かな表情を持つ日本の文化が大好きになりました」

人生が悲しいと思わないように

ニーナやナスティア、ヴァネッサのように、多くのウクライナの青少年が戦禍を避けて国外へ逃げ、避難生活を続けている。しかしふるさとに戻る選択をした子どももいる。アルテムだ。一六歳。

現在はウクライナの首都キーウで家族と暮らしている。

二〇二二年二月にロシアによるウクライナ侵攻が始まり、シェルターに潜んでいた。その後、祖母と母、弟と隣国ポーランドのクラクフへ逃げ、祖父と父は自宅に留まった。

避難先のクラクフではボランティア活動に精を出した。自分の後から到着した同胞の難民を助け、多くの人と友情を築いた。笑顔を振りまき、同年代のボランティア仲間と楽しく過ごした。

ミサイル爆撃の危険が去るまでシェルターで過ごすアルテムの級友たち（アルテム提供）

しかし夏休みに入り、「危険が減った」として一家はキーウへの帰郷を決め、アルテムも従った。母と祖母は仕事、弟は幼稚園、アルテムは以前通っていた学校に戻ったが、ウクライナ侵攻前と同じ生活ではない。むしろ、生活は激変したと思っている。

毎日、自分の街が爆撃で破壊される。最近はロシアから飛んでくるミサイルが住宅や幼稚園に命中している。家や家族を失った人も増えてい

地元の学校を卒業したアルテムと母（アルテム提供）

る。

アルテム自身の内面にも変化が起きた。

「突然時間が止まることがあります。それでいて、月日の経過がとても短くなりました。心配と不安が隣り合わせで生きる毎日。健康と人生を真剣に考えるようになりました」

以前は華やかな将来を夢見たが、今後、そのような夢を思い描くことはないだろうと感じている。

「でも人生はこれからも続いていきます。ぼくの人生がそれほど暗く悲しいものとは思わないよう、前向きに生き続けようと思っています。だって、これがぼくたちの人生なのですから。どんなに悲惨なことがぼくの人生に起きようと、それでもぼくは生き延びなければならないのですから」

二〇二二年冬に、ロシア軍がウクライナ国内のインフラを破壊。一時期は電灯もスマホも使えなくなり、たびたび家族や近隣の住民とシェルターに逃げ込んだ。恐ろしい暗闇と静寂の中で、アルテムは少しでも明るい雰囲気にしようと、住民たちと冗談を飛ばしながら、空爆の恐怖を耐え抜いた。「できる限り平静を保ち、普段通りの生活を送ろうと心がけてきました。常に、どんな状況でもなにができるかを考え、ユーモアを忘れないようにしています」

戦争が終わったら、クリミアを訪れたいと思っている。クリミアは二〇一四年からロシアに占領されたまま。戦争が終われば、クリミアはウクライナに戻っているはずだ。「海の匂いを感じ、戦争から生き延びたことを実感したい」。そのあとの人生は、自然と道が示されると思っている。

この夏、地元の学校を卒業した。「将来は避難していたポーランドに留学して学業を修め、自分の職業を通じて母国を助けたい。誰もが平和で平穏に暮らし、将来を計画し、人生を楽しむ世界になることを望みます」

先のことはわからないけれど

二〇二二年の春から夏にかけて、クラクフの難民用救護所でアルテムと一緒にボランティアとして走り回っていたのが、アンドリーだ。ロシアの侵攻が始まったときは一七歳だった。同じ時期にアルテムが帰郷を選んだのと反対に、アンドリーは帰らずに国外で避難生活を続ける選択をした。

もし祖国ウクライナが戦火に包まれていなければ、アンドリーはリビウの調理師学校に通っていたはずだった。外国の料理や文化にあこがれていた。お金を貯め、食文化の一大拠点であるフラン

ベルギーで生活しているアンドリー

スのパリや、遠い日本を訪れることを夢見ていた。

ロシアの侵攻後、ウクライナでは一八歳以上の男性が国外に出ることが禁じられているが、当時一七歳だったアンドリーは、出国許可を得ることが可能だった。周囲に言われるまま、たった一人、隣国ポーランドへ避難した。一緒に逃げた家族も友人もなく、頼るあてもなかった。加えてアンドリーは遺伝子が原因の難病も抱えていた。

クラクフに着き、イタリア料理店で働くことになった。仕事の合間にウクライナ難民救護所へ行き、同胞の難民たちの世話をした。救護所には常に同世代の青少年がおり、にぎやかで楽しかった。筆者は何度か救護所に足を運び、ボランティアとして働く人々を観察していたが、アンドリーは同世代の青少年の中で、誰よりも一生懸命働いていた。

しかし、その後職場で手を負傷。働けなくなり、同じ時期に救護所も閉鎖してしまった。ポーランドでの生活の場を失ったアンドリーはさらに西を目指し、ベルギーにたどり着いた。「とても美しい国で、人々がとてもやさしかった。それで、ここに住むことにしました」

ベルギーでの新たな生活で、新しい価値観や生活習慣が身についた。「ウクライナにいたら知ることのなかったさまざまなことを教わりました。たとえばゴミを分別すること。ウクライナではやっていませんでしたが、環境の保護に必要ですよね」

恋人もできて人生に対する考え方が変わり、自分の内面が成長したと思う。違う音楽を聴くようになり、違う服を着るようになり、ベジタリアンになった。

先のことはわからないし、計画を立てたくない。ロシアの侵攻以来、予期せぬ出来事で計画が崩壊するのが恐ろしいからだ。とりあえずウクライナには戻りたくないと思っている。

難病とも闘っている。現地の公立の病院に通いながら、治療を受けている。病院の前はいつも長蛇の列だ。

「ぼくは強いから、病気に負けない。強くなるのに必要なものは武器ではない。愛です」

「コサック子ども学校」の再興を誓う

第3章で、ミロピリャ村への道案内をしてくれたミコラのことを書いた（一一四ページ）。三〇歳。ロシアがウクライナを侵攻する前まで、ウクライナ北東部スーミ州のフルニフスカシチの農場で、妻と幼い娘と穏やかに暮らしていた。

「地域の伝統的な文化や生活様式を次世代に継承することが自分の使命」と考え、「コサック子ども学校」を運営。子どもと青少年のためのグリーンツーリズム活動に取り組んでいた。

自然に囲まれた環境で馬を飼い、乗馬やカヤック、ハイキングなどのスポーツや、陶芸や織物などの文化体験が楽しめるほか、宿泊もできる。開校以来、一〇年間で二万人を超える子どもが利用した。「都会の喧騒《けんそう》や情報社会とは無縁の場所で過ごす時間は、子どもの成長に大きな価値があります」。

二〇二二年二月、ロシアがウクライナ全土へ侵攻。自宅はロシアとの国境から一〇キロと近く、危険だ。ミコラは妻と娘をウクライナ西部で暮らす両親のもとに連れていき、スーミに戻ると地元の治安部隊の一員となった。その後、ウクライナ軍に入隊。消防支援中隊に所属している。「戦闘任務の種類に応じて、居住地が変わります。現時点では、私は機動消防グループで州都スーミの上空を守る任務を遂行しています」

誰一人として命を失ってほしくないと、必死の思いでスーミの街を守ってきた。「しかしロシア軍は女性も子どもも殺し、学校や幼稚園まで破壊していった」と話す。「ロシアの目的は物質の破壊だけではないのです。文化、言語、習慣、意識も含め、私たちをまるごと消すことなのだと実感しました」

スーミは上空から受ける攻撃の頻度が以前よりも増している。「先日もシャヘド型のドローン爆撃機が中心部を襲い、民間の人々が何人も殺されました」

ドローンはミコラ一家が住んでいたフルニフスカシチの家にも襲い掛かり、一〇年かけてつくり上げた「コサック子ども学校」を破壊した。

「コサック子ども学校」に案内してくれた際のミコラ

写真をご覧いただくと背後に木造りの門が見えるが、この写真を撮影した日から三週間後の二〇二三年六月八日、ロシア軍に爆撃され、現在はもうない。「あのときはこれでもう終わりかと思いました」と、当時の悲しみと衝撃を振り返る。

しかしミコラは、一番大切なのは生き延びたことだと思っている。「なにもかも壊され、あらゆる物質が奪われても、私にはウクライナ・コサックの末裔としての強靭な魂と心が残っています。そして私の心はさらに強くなったと思っています」と語るミコラ。「コサック子ども学校を、必ず再興してみせます。子どもたちに祖国ウクライナの伝統文化をつなぐために」

ミコラが住むスーミ州はロシア国境に接している。最近はロシア軍による砲撃が増え、死傷者があとを絶たず、ミコラは対応に追われる日々だ。

「家族の安否が何よりも心配。戦争は二〇二三年も終わらないでしょうし、長期休暇を楽しむ予定もありません」

戦争のために、かけがえのない命が簡単に奪われていく。だからこそ、きょう一日を生き抜いて、人生を楽しみたい。少し自由な時間ができるたびに、妻と娘と一緒に過ごす。「先日は娘の二歳の誕生祝いをしました」

妻との会話では、前向きな話題もある。「よく話し合うのが、戦争が終わったら、どこに住みたいかです。絵画のように美しい自然に囲まれた民家を思い描いています」。世界は美しく、おもしろい場所がたくさんある。家族で世界中を旅し、探検したい。もっと子どもも欲しい。将来の祖国は、子どもたちが戦争や砲撃の脅威にさらされない、安全な場所になってほしい。

「平和が実現したら、子どもたちに質の高い教育と手厚い保護を与える社会になることを望んでいます。子どもたちにとって、人生の質を高めるためには、より新しく充実した教育環境が必要なのです」

平和が訪れるころには、ウクライナ人の精神も大きく成長を遂げているだろうと、ミコラは思っている。自身もウクライナ侵攻以降、精神修養に努めるようになった。爆撃などによる負傷者を医療救助する資格も取得した。殺し合いには加わらず、命を救ってともに生き延びたい。

「血なまぐさい戦争を経たあとは、世界全体がよりよい方向に向かうことを願っています。すべての人々が、お互いの存在と自分の人生に、もっと感謝できるようになると、いいですね」

住民全員で壁アート

ウクライナ西部、リビウ付近のノボヤボリフスクには難民のためのセンターがある。ロシアによるウクライナ侵攻前までは東部で暮らしていたが、ロシアに占領されて逃げてきた人々が生活している。センターには、さまざまな境遇の家族がいる。精神的な問題を抱えた人々や、自閉症の子どもたちも受け入れられている。

センターの運営にあたるノボヤボリフスク市役所の職員の悩みの種は、住民たちのけんかだった。

東カルパチア山脈のウクライナとルーマニアの地域に住む民族、フツル人の伝統衣装を着たマテウシュ。ウクライナのコシフにて（マテウシュ提供）

特に使用する言語をめぐって衝突が起こる。西部はウクライナ語を話すが、東部はロシア語圏で、それを快く思わない人もいる。場合によっては警察の介入もある。

戦争が終わるまで家に帰れないのは、大人も子どもも大きなストレスだ。だからできるだけ仲良く生活してほしい——。職員や支援団体が思案した末、子どもが遊べてミーティングやイベントも開催できる談話室の設置を決めた。資金はポーランド・アメリカ自由財団の提供を受けた。

開設にあたり、住民全員で壁に絵を描くことにした。センターで暮らす難民の子どもたちが描いた絵をモチーフに、一つのデザインにまとめ上げた。それから毎日、住民全員が同じ目的に向かって創作活動に励んだ。大人も子どもも一緒に、思いをこめて色を塗っていった。地元の教会の司祭も参加し、教会の絵を描いた。

こうして完成した壁アートに、住民たちは非常に満足しているという。「また、談話室ができたことで、子どもたちが遊べる場所も確保できました」と話す関係者。今後は教育学者や心理学者によるワークショップもこの談話室で行われる。

プロジェクトを指導したのは、ポーランド人アーティストのマテウシュだ。マテウシュは「住民全員を巻き込む共同作業が成功することを示したかった」と話す。「談話室の活用で、住民全員の生活に喜びをもたらしてほしい」

壁に色を塗る子どもたち

壁アートの指導を手がけたマテウシュは、第3章で紹介したウカシュと同様、ウクライナに入って人道支援を続けてきた。家はポーランド南東部のドゥクラにある。ウクライナとスロバキア国境に近く、風光明媚《ふうこうめいび》な場所だ。二〇二二年二月にロシアがウクライナ侵攻を始めた際、頭上をＮＡＴＯ（北大西洋条約機構）の軍用機が絶えず飛び交った。

「私には二人の育ちざかりの娘がおり、彼女たちは怖がって泣きだしました。私たちの国でも戦争が起きれば、自分たちも逃げなければならないのではないかと、怯《おび》えていました」

マテウシュは娘たちに「自分たちの国は安全なんだよ」と必死に言い聞かせた。子どもの心に不安や心配を与えたくなかった。

同時にウクライナで家を失った子どもや女性、弱い立場の人々に思いが至り、いてもたってもいられなくなった。現地で逃げ惑う人々を助けようと決意したマテウシュは、三月には慈善団体の仲間と自家用車でウクライナへ入り、米企業が提供する支援物資を届け始めた。

ポーランドへの帰り道には、国外へ避難することを希望する女性と子どもたちを車に乗せ、自宅や難民支援センターへ連れていく。こうしてウクライナへ支援に入った回数は二〇二三年夏現在で三〇回を超える。

人道支援というものは、自分の力ではどうにもならないほどの悲惨な境遇を助ける行為でもあるため、つらい場面に遭遇することは避けられない。「一番悲しかったのは、ロシア兵にレイプをされた女性を保護し、ポーランドに連れ帰ったときです」。リビウで、東部の激戦地から長旅を経て到着した親子を出迎えたときも忘れられない。マテウシュから食べ物を受け取った子どもたちは、空腹のあまり、嘔吐するほど食べた。

「よい思い出は少ないけれど、困っている人を助ける多くのボランティアの人々に出会えたことはよかった」

戦争が終わったら、難民のみんなが故郷に戻って、幸せに暮らしてほしい。人道支援に関わった人々も、もとの平和な生活に戻ってほしい。なにより子どもたちに、平和な世界を与えてあげたい。

「自分の娘たちもウクライナの子どもたちも、平和と友情の中で生きてほしい。現実でなにが起きていても、子どもの気持ちが戦争に占領されないよう、願っています」

ぜひやりたいと思っていることがある。まず、平和の鳩をモチーフにした壁画を制作するつもりだ。「そしてウクライナで出会った人々や各国のボランティアのみなさんと、黒海沿いのどこかのビーチで集まって、平和のお祝いがしたいな」

芸術で心を癒す

スヴィトラーナはウクライナのキーウで生まれ、夫と二人の息子とともにキーウで暮らしていた。物心がついたときから、常に絵を描いて生きてきた。キーウの芸術大学大学院を卒業後、大学で教鞭を執りながら、さまざまなアートプロジェクトに携わってきた。将来の夢は、夫と郊外に家を建てて、自然の中で静かに暮らすことだった。しかし戦争がすべての計画を変えてしまった。

夫と長男を国内に残し、母と次男を連れてポーランドのクラクフに避難。当初は悲しみと疲労でなにもする気力が起きず、苦しんだ。そんな中、クラクフ市内の美術館を巡ることを繰り返した。名作に接することで、心が癒《いや》された。

やがて民俗装飾品の絵を描く仕事を得た。絵筆を持つ自分がうれしかった。その後、ウクライナ難民の支援団体が主催するアート教室に講師として招かれた。難民に絵を教えることで、自分の役

展覧会で生徒たちに囲まれて（中央がスヴィトラーナ）

割は「芸術で人の心を癒すこと」と思い至った。

参加者の年齢はさまざま。共通しているのは、自尊心が傷つき、自信を失い、表現することすら恐れていることだ。「ほとんど指導はせず、一人ひとりがアーティストとして表現するお手伝いを少しするだけ」。完成した作品は、その作品を描いた人だけが持つ芸術性の結晶だ。何より、描いた本人の心を喜ばせ、癒すことができる。

「おとなも子どもも、制作を達成するごとにアーティストとして成長していく。その様子は本当にすばらしい」。多くの人に見てもらおうと、数々の展覧会を開催してきた。この夏も祖国を思いながら難民と創作に励み、展覧会を開く。

「見る人には、前を向いて生きる私たちのインスピレーションを感じ、芸術の世界に浸ってもらいたい」

日本の子どもたちが描いたカレンダー

ウクライナの子どもたちが置かれた過酷すぎる試練を、遠い日本で心配しながら見つめていた人がいる。栃木県市貝町《いちかいまち》で林業を営む佐藤隆司さんは、慈善団体「チビッコ未来文庫」を主宰。長年にわたり、子どものすこやかな成長を応援してきた。本業の傍ら、古紙やくず鉄などの資源ごみをコツコツ集め、売ったお金で遊具や図書カードを購入。全国各地の幼稚園や、児童養護施設の子どもたちの誕生日にプレゼントする活動を続けている。

ロシアによるウクライナ侵攻が始まると、現地の子どもたちが思い浮かび、胸が痛んだ。二〇二二年夏、ＳＮＳで筆者のプロフィールを見つけた佐藤さんから、「ウクライナの子どもたちに支援がしたいのです」というメッセージ受け取った。

そのやりとりの際、佐藤さんは次の言葉を綴っている。「戦争ほど愚かな行為はないですよ。人類とは進歩しない悲しい生きものです」

その後、佐藤さんは「ウクライナの子どもたちに少しでも元気になってほしい」と、資源ごみを売ったお金で、東部の激戦地で孤立した住民の子どもたちにお菓子や食べものを届け、キーウの病

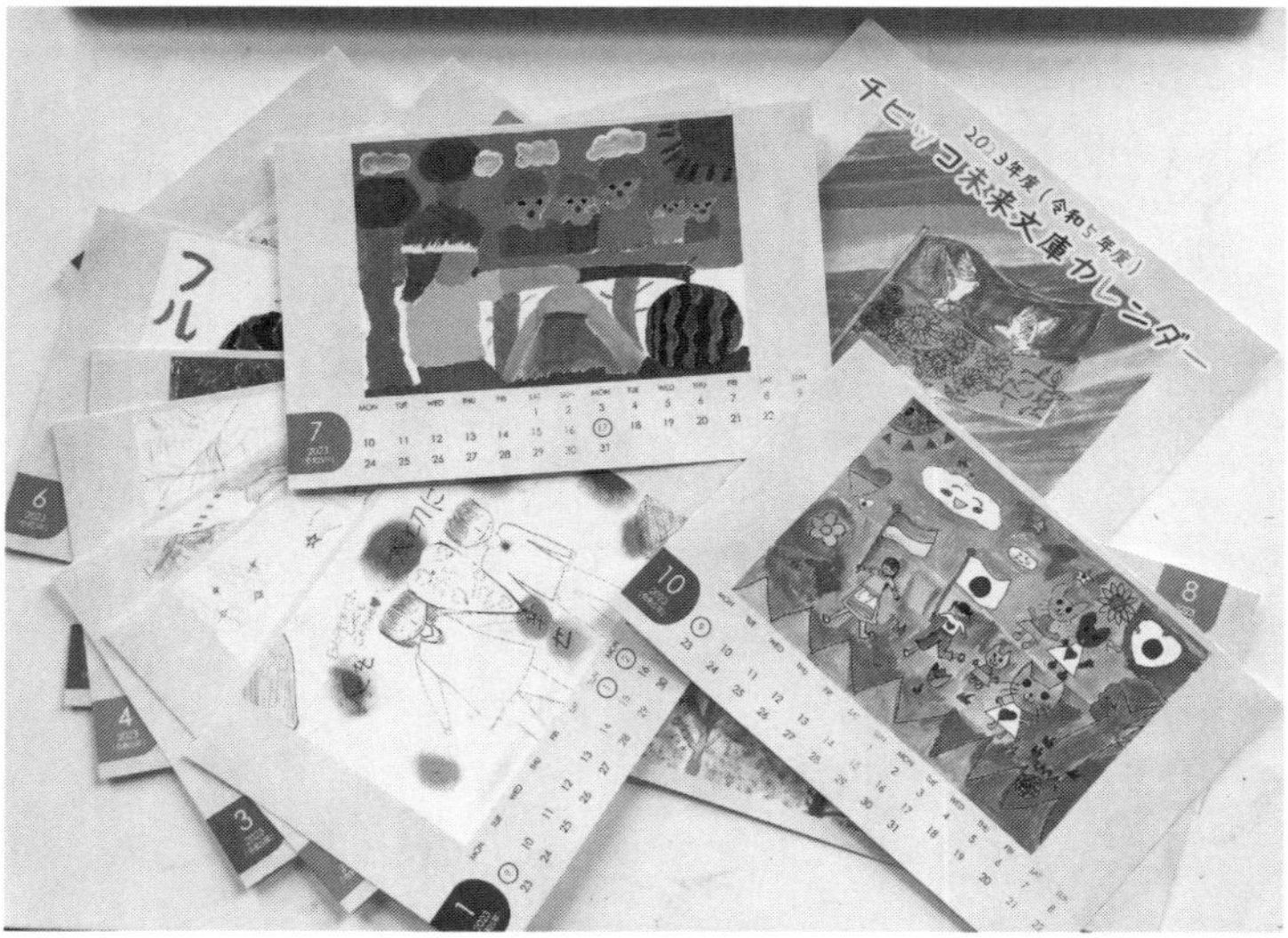

「チビッコ未来文庫」代表の佐藤さんが届けたカレンダー

院やポーランドの難民支援団体に子ども用の医薬品を送り続けてきた。

佐藤さんは毎年、児童養護施設の子どもたちが描いた絵でカレンダーを制作している。二〇二三年にはウクライナの子どもたちにも届けようと決意。子どもたちには、ウクライナの平和の願いを込めて描いてもらった。

二〇二二年一二月に入り、クラクフに佐藤さんからのカレンダーが一〇〇セット届いた。カレンダーは第2章で紹介したクラクフの財団法人「デンブニキが大好き！」に届けることになった。

「デンブニキが大好き！」は、子どものためのワークショップを頻繁に開催し、クリスマスパーティーも企画していた。代表のウチアは、日本の子どもたちがウクライナの子どもたちを思って描いた絵でカレンダーを制作したことを知ると、感激し、とても喜んだ。

一二月六日、デンブニキでクリスマスパーティーが盛大に開かれた。音楽に乗ってダンスを踊り、ウクライナ語の歌を歌い、難民の人々の用意したパーティー料理を楽しむ子どもたちは、楽しくてたまらない様子だ。

やがて、子どもたちにプレゼントを渡す時間が来た。スタッフがこのために特別な部屋をつくり、サンタクロースに扮した地域の住民がそこで待つ。そして子どもたちを一人ひとり招き寄せると、こう話した。

サンタさんが子どもに日本から届いたカレンダーを渡していた

「きょうは、特別なカレンダーをあげるね。日本の児童養護施設の子どもたちが、あなたのために描いてくれたよ。このカレンダーがあなたのよい道しるべとなりますように」

「そして家族になった」

二〇二三年二月、「デンブニキが大好き!」の依頼を受けて、筆者は書道のワークショップを開いた。書道を体験したいという人々でごった返す中、控えめな母親と男の子の親子がやってきた。ナタリアと息子のコリャだ。二人に自分の名前をカタカナで書けるように教えていると、ナタリアが「あの、お願いがあります」と言い、こう切り出した。「とてもお世話になっている人がいるのです。その人に何か、特別なお礼がしたいと思っています。いまその筆で、日本語で謝辞を書いていただけないでしょうか。きっととても喜んでくれます」

ではと宛名を書くので名前をお願いしますと聞くと、「ベアタさん」という。ポーランドの名前だ。私はベアタさんが二人とどのような関係なのかを瞬時に悟った。その後ナタリアとコリャに何度か会い、二人とベアタとの間に築かれた強い信頼関係を知った。そして双方にインタビューを行った。

ナタリアは、ウクライナ中央部のドニプロで、民俗音楽や民族舞踏を披露する楽団の衣装デザイナーとして活躍していた。「この楽団には創立以来、半世紀の伝統があり、自分の仕事に誇りを持っていました」

二〇二二年二月二四日午前五時。強烈な爆発音が鳴り響き、戦争が始まったことを理解した。「本当に恐ろしくて、私は完全に冷静さを失いました。なんとかして恐怖心を追い払おうと、立ち上がってウクライナの国歌を歌い始めました。すると、恐怖が消えました」

三月二日、ナタリアは友人とウクライナ脱出を決意した。なにも持たぬまま、息子のコリャと大混乱の電車に乗り、翌朝ポーランドのクラクフに到着した。

親子にとって初めてのＥＵ圏の国。不安や戸惑いがあったが、ポーランドのボランティアたちが助けてくれた。特に献身的に世話をしてくれたのが、ベアタとロベルトの夫妻だった。

夫妻は常に親子のそばで支え続けた。仕事を探すナタリアのために、履歴書の翻訳を手伝ってくれたおかげで、ナタリアは伝統あるクラクフ歌劇場で職を得た。「大切なキャリアが継続できて、とてもうれしかったです。同僚のみなさんはプロフェッショナルで、毎日が刺激的。とても満足しています」

あるとき、息子のコリャが体調を崩し、病気になった。このときも夫妻が助けてくれた。医師を探してくれ、通訳なども手伝ってくれた。

クリスマスはナタリアの誕生日で、夫妻が親子を招待し、一緒に祝ってくれた。避難先で迎える年越しも、親子のそばにいてくれた。「私たちには支えてくれる人がいる。だからいま、私は勇気を持って強く生きていられるのです」。夫妻の存在が、ナタリアとコリャにどれほど大きな力となっているかを示す言葉だ。

ナタリアとコリャ

夫妻が折々のタイミングでポーランドの伝統文化を紹介し

てくれるおかげで、ナタリアはポーランドの深い部分を理解し、より親しみを感じるようになったという。「やがて、ポーランドはもう一つの私の祖国だと思うようになり、そしていま、神に新しい家族を与えられました」と涙ぐむ。「戦争が終わったら新しい家族を私の本当の祖国へ招待し、恩返しがしたいです」

ベアタはポーランドのクラクフで不動産業を営み、夫のロベルトと暮らしている。

「ロシアによるウクライナ侵攻で、これまで平和な状態が当たり前と思っていたことに気づきました。平和は不安と恐怖に変わりました」。何千人という難民がクラクフにも押し寄せた。ベアタは、難民支援のネットワークを通じ、顧客用の賃貸アパートや空き家の提供を申し出た。

夜遅く、支援者の仲介でウクライナのドニプロからナタリアとコリャが到着した。二人は怯え、疲れ切っていた。

「危険にさらされながら満員列車で長旅を続け、見ず知らずの人に助けを求める。つらい境遇がわかり、胸が張り裂けそうでした」

二人にここが安全な場所だと感じてもらうために、信頼関係を築こう。家族のようになろう。そう思ったベアタは、住居を提供しただけでなく、二人のために自宅を開放し、できるだけ一緒に過ごすことにした。

週末は必ず一緒に昼食をとることにしている。正午近くになると、ナタリアとコリャがベアタの家に姿を見せる。テーブルに料理が並び、楽しい昼食会が始まる。メニューはベアタと夫のロベルトが一緒に準備したものだ。食後はコリャの要望でボードゲームをしたり、ナタリアの相談に乗るなどして、のんびりと過ごす。

ナタリアはかなり早く出勤するので、ロベルトが毎朝コリャを学校まで送り迎えをしている。

「きのうまで会ったこともない人とともに喜び、戦争に苦しみ、考え、困難に取り組み、関係を築くのは厳しい試練。でも美しくて心揺さぶられる大切な時間でもあります。そして私たちは家族になりました」

ナタリアとコリャがベアタのもとに身を寄せた二週間後、ナタリアがウクライナ難民で友人のアナスタシアと彼女の息子を連れてきて、一緒に暮らしていた時期がある。

アナスタシアは、ホテルの客室を掃除する仕事を得た。ベアタの後押しに力を得て、毎日懸命に奮闘する姿は感動的だった。週末の午後や一日の終わりに、少ない収入の中からお茶菓子などを買い求め、届けてくれた。全力で関わってくれるベアタに、自分ができる精いっぱいの感謝の気持ちを伝えようとしていた。「彼女の思いやりがうれしかった。長い勤務時間でくたくたに疲れているのに」

アナスタシアはポーランドで約五カ月間の避難生活を過ごしたあと、二〇二二年八月にウクライナへ帰国した。ウクライナ帰国後、アナスタシアは生活習慣を改めたという。「ゴミの分別をするようになった。小さなことを喜ぶようになった。大切な人と一緒にいる幸せをかみしめるようになりましたと、メッセージに書かれていました」

ベアタに、クラクフ市から難民支援の謝礼として約五〇〇〇ズロチ（約一八万円）が支払われた。しかしベアタは受け取らず、生活の再建に必要なアナスタシアに全額を渡すことにした。アナスタシアは固辞したが、ベアタは「これからの人生に使いなさい」と強く言い、受け取ってもらった。

やがてベアタの誕生日がきた。ナタリアに「アナスタシアから」と封筒を渡され、手紙だろうと思って開けてみた。封筒の中には、二〇〇ドルの紙幣が入っていた。戦時下のウクライナで生活再建中のアナスタシアにとって、大変な金額だ。

ベアタはアナスタシアの真心に触れた思いがした。このお金をどう使おうか、しばらく悩んだ。価値のある、特別なことに使いたいと思った。考えた末、旅費に使うことにした。ただの旅行ではない。敬虔《けいけん》なカトリック教徒のベアタは、イエス・キリストの生誕の地、イスラエルへ巡礼の旅に出ることにした。

じつはこのころ、ベアタの心は疲労で限界に達していた。「私の家族とウクライナの家族に対する義務と責任。この重荷のすべてを背負おうとしていました。でも、責任があまりにも大きすぎて、これ以上耐えることはできないと感じていました。そんな中、巡礼の旅は自分自身を見つめ直す、とてもよい機会だと思いました」。

道中、難民の家族と向き合う日々を思い返した。戦争の残酷さと裏腹に、全員で築いていった人間関係の難しさ、そして美しさをかみしめた。思えば常に、難しさと美しさのはざまで心が揺さぶられてきたのだ。

イエス・キリストが住んだ美しいガリラヤの湖畔を目指した。「ガリラヤは私にとっての聖地です」

ガリラヤに到着し、神父の話に耳を傾けた。ベアタは自分の心が少しずつ癒され、希望の光に包まれていることを実感した。

ベアタ（左）と帰国前のアナスタシア

ベアタとロベルトの家で年越しを祝うベアタ（左）とナタリア

ベアタの巡礼の旅は終わり、クラクフでの日常に戻った。

週末、変わらずベアタの家にナタリアとコリャがやってくる。最近の昼食会にはウクライナの習慣も加わり、ウクライナの飲み物、クバスを飲むようになった。ベアタはポーランドの国の文化や習慣を紹介していた。ところが知らずしらずのうちに、ベアタはナタリアやコリャ、アナスタシアとの会話を通して、ウクライナの文化や習慣を知るようになっていった。

戦争が終わったら、ベアタはウクライナのドニプロ川を見に行きたいと思っている。ナタリアとアナスタシアが教えてくれた波止場でヨットを借りて、ドニプロ川をゆっくり巡るつもりだ。ベアタとナタリア親子との物語は、戦争が終わってからも続いていく。

「私たちは一緒に試練の壁に立ち、希望の中にいます。戦争はいつか終わる。私の家族とも、ウクライナの家族とも、お互いに支え合って、より豊かな人生を歩んでいきます」

終　章　ナタリアとソフィア、ある母と娘の物語

作品を持つナタリア（左）とソフィア。ナタリアが手にしているブローチはカリナという低木の果実で、民族の不屈の精神を表すウクライナのシンボルだ

二〇二二年六月初旬。クラクフ中央駅前広場には、無料で難民に食事を提供するテントがあった。ここで難民のみなさんを取材していたら、こちらに向かってニコニコとほほ笑む三〇代とおぼしき美しい女性と、メガネをかけた小学生の女の子がいた。あいさつをすると、流暢《りゅうちょう》なポーランド語で「ナタリアです」と自己紹介してくれた。

リビウから娘を連れ、クラクフに逃れてきた。日本の文化やアニメが大好きで、いつの日か日本を訪れたいのですと目を輝かせた。その後定期的に会い、彼女の話を聞いた。

人生のすべてを捨てて

「もし娘がいなかったら、私は決してウクライナを出ようとはしなかったでしょう。もしかしたらウクライナ軍に入隊し、戦ったかもしれません」と話すナタリア。いまの満足している暮らしを捨て、異国で難民になるなど言語道断だ。ロシアがウクライナ侵攻を開始した当日ですら、ナタリアはリビウを出ることを考えていなかった。

しかし侵攻開始の翌日午後、友人から突然「もし国外へ逃げたいなら二〇分後に車に乗せてあげるから、いますぐに用意して」と告げられた。その瞬間、ナタリアの気持ちは大きく変わった。避難することにした。自分よりも大切なソフィアの命を守るための決断だった。

小さなトランクに当面の着替えと下着、道中で口に入れるパンと水を詰め込み、少し思案したあと、大切にしていたカリンバという小さな楽器もしのばせた。その後の避難生活でカリンバの音色が慰めてくれると思った。ほかのものはあきらめた。ステンドグラス作家としての仕事も、すべて置いていく。

「いますぐに家を出る」と告げられたソフィアは、二カ月前のクリスマスでプレゼントにもらった小さなマスコットをリュックに入れた。それ以外の大切なもの——ぬいぐるみ、絵本、いままで母と一緒に眠っていた寝室や毛布、毎日食事をしていたキッチン、毎日通っていた学校、一緒に遊んでいた友人たち、親しんでいたすべての存在とお別れすることになった。いつ戻りいつ再会できるのかは、わからない。

こうして二人はあわただしく家を出た。

国境に近づくと避難する車で大渋滞し、それ以上前に進めなくなった。二人は下車して歩くことになった。外はとっぷり日が暮れていた。

二人の周りには、たくさんの人が国境を目指して歩いていた。スマホで地図をみると、国境までおよそ一〇キロ。小さなソフィアにとっては大変な長距離だ。それでもいまは、前へ進まなくてはならない。

二人は歩き始め、ナタリアは「ねえ、ソフィア」と話しかけ、こう続けた。「これから、ポーランドという、となりの国に行くんだよ。ソフィアはまだ行ったことがなかったね。でも、なんにも心配しなくていいんだよ。いまから大冒険が始まるんだよ。これからおもしろい発見や、楽しいことがたくさんあるよ。ポーランドでは違う言葉を話すけれど、ウクライナ語に少し似ているんだよ。そうだ、いまからポーランド語の『こんにちは』と『ありがとう』、大切な二つのあいさつの言葉を覚えようね」

ソフィアは神妙な面持ちで母の話に耳を傾け、納得した様子だったという。泣くことも騒ぐこともなく四時間の道のりをがんばって歩き、国境にたどり着いた。ナタリアがスマホで時刻を確かめると、日付が変わっていた。二人は大勢のポーランド人ボランティアに迎えられ、クラクフに向かった。ウクライナ出身の知人がクラクフ近郊に住んでおり、二人に部屋を提供してくれた。

避難地で生活基盤を整える難しさ

ソフィアはクラクフ市中心部の小学校に通い始めた。同時にオンラインでウクライナの学校の授業も受けるようになった。多くのウクライナの難民の母親たちが言語で苦労したが、ポーランド語が堪能なナタリアだけは違った。「将来の生活に困らないように」と心配した両親に促され、ポーランド語を習得したキャリアが、皮肉にも避難生活で大きく生かされた。

ナタリアはポーランドに到着した翌日から仕事探しを始めた。クラクフにはリビウ同様、芸術を生業《なりわい》とした多くの人が住んでいる。すぐにステンドグラス工芸品を売るお店で働き始め、さらにその後、クラクフのステンドグラス美術館での採用が決まった。

ナタリアは避難の際、まとまった額の米ドル紙幣を持参していたが、やがて手持ちのお金がなくなることを恐れた。お金がなくなると名実ともに「難民」になってしまう。人の善意にすがる避難生活は絶対にしたくなかった。だから到着翌日から必死に仕事探しをしたのだ（ナタリアが常にこだわっていたことがある。それは「難民としてではなく、生活者としてクラクフに滞在したい」という思いだった）。

クラクフのステンドグラス博物館で見学者に説明するナタリア（左）

当時、クラクフ中央駅付近に設置された難民救護所で、ボランティアによる温かくおいしい食事が毎日提供された。仕事帰り、ソフィアを学校へ迎えに行くと救護所へ立ち寄った。

しかし夏になり、二人がいつも訪れていた救護所が閉鎖されることになった。さらに間借りしていた部屋には家主の母親が来て暮らすという。家主は二人に立ち退くよう迫った。

このころ、クラクフの難民たちの間から、日本が難民を積極的に受け入れるらしいという話を聞いた。幼いころから日本のアニメや日本の文化に憧れていたナタリアは「チャンスだ」とも感じたが、避難は思いとどまった。

憧れの国へ行くということはうれしいことだが、事前に予定を持ち、計画を立てて実行するからすばらしい体験になる。しかし混乱に乗じて来日することは、日本の人たちに対して失礼になる。「きちんとした形で日本に行けるときが必ず来ると思うのです。だから今は、がまんすることにしました」

ささやかなアパートが二人を待っている

部屋の立ち退きを迫られたナタリアとソフィア。ナタリアは新しい住居探しに奔走したが、難航を極めた。ソフィアは落ち着きのあるしっかりとした子どもだが、アパートの貸主は子どもを歓迎しない。子どもの声が近所に迷惑になることを恐れるからだ。

高い家賃もハードルとなった。クラクフはもともとアパートの家賃が高い。さらにロシアの侵攻のために何万人というウクライナ難民がクラクフでの住居を必要としていることから、家賃はかつてないほど高騰していた。

やっとの思いで見つけたアパートは、クラクフ中心部から路面電車で三〇分ほども離れており、しかもひどく汚れていた。でも、ナタリアにはほかに選択肢がなかった。

ソフィアはアレルギーを持っており、住居は常に清潔を保たねばならない。ナタリアは懸命にアパートを掃除したが、どこもかしこも汚れがしつこく、なかなかとれない。「どうしてこんな思いをしなければならないの」。ベランダの汚れをこそげ落としながら、ナタリアはあまりの情けなさに涙をこぼした。それでもソフィアのために、食器や調理器具などを買い求め、いまの自分ができる精いっぱいの暮らしを整えた。

すべての引っ越しが完了した一一月末、ナタリアはクラクフでお世話になっている人々をアパートに招き、ボルシチやパンケーキなどのウクライナ料理をふるまった。引っ越し前に汚れていたアパートは、見違えるほどに磨き上げられていた。

ソフィアの学校はクラクフ中心部にあるため、アパートからは遠い。外がまだ暗い朝六時には起きて、学校へ行かねばならない。ナタリアはソフィアを学校に送り届け、勤務先の美術館へ向かう。仕事を終えるとソフィアを学校へ迎えに行く。帰途に就くころは、ソフィアもナタリアもくたくただ。でも、ささやかな自分たちのアパートが、二人を待っている。

「ポーランドから出ていけ！」

年末はクラクフの支援者の自宅に招かれ、クリスマスパーティーに参加したナタリアとソフィア。年内に帰国することは叶《かな》わなかったが、二人は無事に年を越し二〇二三年の年が明けた。

クラクフでの生活は順調かのように思えた。しかし、ソフィアの様子が少しずつ変わってきた。ソフィアは、通っていたリビウの小学校の授業をオンラインで受けながら、現地の小学校に通っている。

リビウでの学校生活と友人たちとの時間を失ったソフィアだが、すぐにポーランド語を覚え、積極的に現地の子どもたちとのコミュニケーションを試みた。後に校内には難民の子どもたちのための学級が併設されたが、ソフィアは引き続き、ポーランドの子どもたちの学級に残ることを選んだ。そのため、クラクフでの学校生活に、すっかり溶け込んでいるように見えた。

ところが「早くリビウの家に帰りたいよ」と母ナタリアに嘆く頻度が高くなり、やがて毎日のように「ねえママ、いつリビウに帰れるの？」と尋ねるようになった。

娘の変化に気づいたナタリアがよく話を聞いてみると、毎日クラスメートから心ない言葉を投げつけられていることがわかってきた。

「あんたたちウクライナ難民は、なんでも無料でずるい！　その服も靴も、全部もらいものなんでしょ。私たちはお金を払わなきゃいけないの。私たちの両親は全部自分のお金で、ものを買っているの。ポーランドから出ていけ。ウクライナへ帰れ！」

ナタリアは強いショックを受けた。これ以上娘が傷つけられないよう、「なるべくその子たちには近づかないように」とソフィアに言い聞かせた。

ところがソフィアがとった行動は、母の助言とは違った。自分で担任の先生に相談し、攻撃する児童と話し合う時間をつくってもらった。その後も毎日相手に話しかけ、積極的に関わることを続けた。

その結果、ソフィアへの攻撃が次第になくなり、やがて平穏な学校生活が戻った。ナタリアは「娘は心を閉じることではなく、コミュニケーションで互いを知ることを選びました。大人の世界でも大切なことを、娘に教わった気がしています」と、ソフィアを眺めながらほほ笑んだ。

祖国ウクライナへ

春が来た。二〇二二年二月末にポーランドに逃げてきた二人の避難生活が一年経ち、二度目の春を迎えた。

ソフィアは同級生からのいじめを乗り越え、大きな成長を遂げた。しかしリビウに帰りたいという気持ちは寸分も変わらないどころか、より強くなっている。二月に九歳の誕生日を迎えたときも、願いごとは「リビウに帰る」だった。

リビウに戻りたいという気持ちは、母ナタリアも同じだった。大学時代にポーランド語を学んでいたナタリアは、クラクフでも言語の不自由がなかった。ステンドグラス作家としてのキャリアを生かし、クラクフでもステンドグラス美術館の職員に採用された。ほかの難民に比べて、自分はとても恵まれた環境に身を置いており、ある意味で避難生活は成功していると思っている。

しかし時がたつにつれ、抑えがたい望郷の念に苦しむようになった。「ホームシックで精神状態に問題を感じるようになりました。クラクフに居続ける限り、私は訪問客に過ぎない」

リビウには人生のすべてを置いてきたままだ。仮住まいの場所ではなく本来の拠点であるリビウ、本来のステンドグラス作家として、芸術を追求したい。

ソフィアは懸命に現地の学校に通い続け、気丈にふるまっている。しかし常に精神的な負荷がかかっている。「娘は難民という難しい立場で、見知らぬ異国の地で、不便なことも不快なことも自分ができるすべてのことをして、困難を乗り越えてきました。でももうこれ以上、祖国へ帰りたい気持ちをがまんしてほしくありません。そしてそれは私も同じ。娘にはごく普通の、屈託のない子ども時代を送ってほしいし、私も自分の人生を生きたいのです」

ソフィアの命を守るためにリビウを出て難民となった。リビウはポーランドに近く、ウクライナのほかの地域と比べれば比較的安全だ。しかしときどきロシアのミサイル攻撃があり、二人が被災する恐れもある。どうすることが娘にとっても自分にとっても幸せだろうか。

ナタリアは激しく思い悩んだが、戦場である祖国へ戻って生きることを決断した。六月、ソフィアの学年末を待って、ナタリアも美術館を退職することにした。クラクフを離れるのは七月中旬と決めた。そのころは輝くような夏真っ盛りだ。帰国直前の二日間は、ソフィアを連れてクラクフ近郊の遊園地へ小旅行することにした。小旅行のことは直前までソフィアに黙っていた。遊園地に着いたソフィアは、驚きと喜びの声を上げて走り回った。一年数カ月の間、つらいときもがんばって乗り越えてくれたことへの感謝の気持ちを込めた、娘へのサプライズだった。

「クラクフではよい思い出ばかり。よい訪問、よい滞在をしたあとは、自分の家に帰るものですよね」と話すナタリア。「たとえ戦争中であっても、私は自分の人生を築いていきたい」

二人はいよいよ、祖国ウクライナへ帰る。自分の人生を取り戻すために。

幸せと危険、隣り合わせだけど

二〇二三年七月一五日、ナタリアとソフィアは約一年五カ月の避難生活に別れを告げ、ウクライナのリビウへ帰った。

小さな手荷物一つで逃げてきた二人だが、所持品がかなり増えており、とても自力では持ち帰れなかった。すると避難当初から支援してくれている知人が車を出してくれ、リビウまで送ってくれた。しかし、旅の途中で車が故障。国境では五時間も立ち往生した。

戻ったアパートは、他人に貸していた時期があり、ひどく汚れていた。ナタリアは毎日掃除に精を出し、生活を整えた。

ソフィアは自宅近くのスーパー「ＡＴＢ」の前に来たとき、泣いたという。「戦争前、娘と毎日のように買い物に来ていました。その頃の生活の思い出が娘の心の中でよみがえったのでしょう」

ソフィアの学校は夏休み中で、日中は自宅近くの公園で、久しぶりに再会した友人たちとうれしそうに遊びまわっていた。

なにか、タイムマシンで戻ってきたような、妙な気分だ。スーパーに買い物に行くと、物価が高騰してすべての値段が上がっている。でもそれ以外は、避難前と何も変わらない日常の風景だ。ソフィアも、「クラクフでの生活が現実とは思えない。なにか不思議な夢を見ていて、長い眠りから覚めたみたい」と、不思議がる。

ナタリアは、自分の中で二つの変化を感じる。一つは、以前に増して幸せな気持ちで生活するようになった。根を張って生きる本来の場所に戻れたことが本当にうれしい。本業のステンドグラス作家として創作活動に打ち込める喜びもひとしおだ。帰国早々、教会のステンドグラス制作の仕事が舞い込んだ。

もう一つは、生活の中にロシアの砲撃による危険と恐怖が加わった。就寝中にリビウが砲撃を受けたことがある。爆発音と衝撃で目が覚め、バルコニーに出ると、ロケットがアパートの上を飛んでいく音が聞こえた。幸いなことにソフィアはこの日、リビウから離れた祖父母宅にいた。

九月一日、学校の新年度が始まった。この日は民族衣装を着て登校するならわしがある。ナタリアも民族衣装を着てソフィアに付き添い、先生がたに帰国のあいさつをした。最初に行われた学力テストでは、ソフィアの成績は学年トップだった。

朝、ソフィアは元気よく家を出ていく。ナタリアはバルコニーから空を眺める。

「いい天気。きょうも無事で一日が過ごせますように」

ウクライナの学校で新年度にあたる９月１日、子どもたちは伝統衣装を着て登校する。学校の先生にプレゼントするヒマワリの花束を持つナタリアとソフィア

あとがき

二〇二二年二月二四日早朝。クラクフの自宅でテレビをつけると「ロシアがウクライナに侵攻」の文字が画面いっぱいに現れた。コロナウィルスが終息しつつあり、やっともとの生活に戻ろうとしているのに、戦争だ。それもすぐとなりの国だ。

続いて日本のマスコミから、現地ルポや写真提供などの依頼が来た。難民が最も多く到着するポーランド国内の主要駅や難民収容施設、ウクライナとの国境沿いに足を向けることを繰り返した。いち早くロシアのウクライナ侵攻に反対を表明した「しんぶん赤旗」に共鳴し、同紙社会面で連載「ウクライナ侵略　難民の現場歩く」を担当させていただくことになった。本書はこの連載記事に大幅な加筆をしたものである。

本書は、戦争のために多くのものを失い、人生が壊され、傷つき悲しみを抱えた人々が、それでも前を向いて一歩踏み出そうとしている実録である。そして傷ついたこの人たちに力を与えているのは、「一緒に生きていこう」としている支援者たちの存在だ。苦境にある人を助け合いともに生きる関係は、現在の日本社会にこそ必要だと確信し、本書執筆に至った。

登場する人物の多くは一般市民だ。万一の場合に備え、当事者の身の安全を守るため、ほとんどの表記は名前のみとし、名字と年齢は控えた。また、同じ名前が別の章などで出てくる場合があるが、異なる人物である。

装丁に使った絵は本書第4章「芸術で心を癒《いや》す」で紹介したスヴィトラーナの作品である。じつはスヴィトラーナに本書の装丁を依頼した直後の二〇二三年晩秋、彼女はキーウに一人残る夫を亡くした。悲しみにくれるスヴィトラーナに、仕事の依頼を続けてよいものか悩んだが、本人からメッセージが届いた。「私は強く生きていこうと決意しました」。そして二枚の絵が届き、「悲しみに耐えている女性」と「すべてを乗り越えて強く生きていくと決めた女性」だと説明してくれた。

執筆にあたり、取材に応じてくださったウクライナとポーランドのみなさんに感謝を申し上げる。

本書の編集ならびに校正にあたっては、新日本出版社の角田真己さんによるご示唆をいただいた。

本書の基礎となった「しんぶん赤旗」の連載では、同紙社会部長の三浦誠さん、ならびに同紙記者の小林圭子さんと高間史人さんに大変お世話になっており、感謝してもしきれない。

この世界からすべての戦争がなくなり、すべての人が本来の場所で生活し、隣人と支え合いながら未来に希望が持てるようになってほしいと思う。

二〇二四年一月、ポーランド・クラクフにて

丸山美和

【初出】

定期連載ルポ「ウクライナ侵略　難民の現場歩く」（しんぶん赤旗2022年３月～）

「厳冬のウクライナ」（いつでも元気2023年１月号）

「戦争とは何か」①②③（いつでも元気2023年４～６月号）

連載「ポーランド便り」（下野新聞2022年４月～2023年３月）

ルポ「冷戦終結後、最大の危機に直面―ポーランドからウクライナとの関係を考える―」（週刊金曜日2023年８月25日号）

「ウクライナ人道支援　ポーランド市議・ウカシュさん」（週刊金曜日2023年９月27日号）

【参考資料】

「Wypłata świadczeń dla Polaków goszczących uchodźców – złóż wniosek」（Kraków.pl）「Wspieramy uchodźców – sprawdź formy i zakres pomocy」（Kraków.pl）

「Wojna o niepodległość Ukrainy 1914-1922」（ZESPÓŁ BADAŃ I ANALIZ MILITARNYCH SP. Z O.O.）

「Trzy polskie szkoły Jehora. Czy ukraińskie dzieci integrują się z polskimi?」（OKO press, 2023年９月28日）

「Ukraińscy uczniowie rezygnują z polskich szkół」（Rzeczpopolista.pl, 2023年５月５日）

「難民について」（国連UNHCR協会HP）

PDF「視点を変えよう！　困った人は、困っている人　トラウマは、人の関わりによって癒される」（国立研究開発法人　科学技術振興機構ホームページ）

【取材協力】

Łukasz Wantuch, Łucja Malec-Kornejew, Magdalena Szlom, Natalia Sevelieva, Piotr Piotrzykowski, Mateusz Ocias, Kocham Dębniki, Zupa dla Ukrainy, Szansaほか、ポーランドの支援者とウクライナのみなさん

丸山　美和（まるやま・みわ）
ジャーナリスト、ルポライター。1971年生まれ、栃木県出身。ポーランド国立ヤギェウォ大学哲学部比較文明学科非常勤講師。同国立教皇ヨハネ・パウロ二世大学修士課程修了（ジャーナリズムと社会コミュニケーション）。同国クラクフ市在住。著書に『下野猟師伝』（2021年、随想舎）。

カバー装画　Svitlana Mikhno

ルポ 悲《かな》しみと希望《きぼう》のウクライナ——難民《なんみん》の現場《げんば》から

2024年 2月25日　初　版

著　者　丸　山　美　和
発行者　角　田　真　己

郵便番号　151-0051　東京都渋谷区千駄ヶ谷4-25-6
発行所　株式会社　新日本出版社
電話　03（3423）8402（営業）
03（3423）9323（編集）
info@shinnihon-net.co.jp
www.shinnihon-net.co.jp
振替番号　00130-0-13681

印刷　亨有堂印刷所　　製本　光陽メディア

落丁・乱丁がありましたらおとりかえいたします。

ISBN978-4-406-06795-9 C0095　　Printed in Japan